하늘을 나는 여우,
스튜어디스의 해피플라이트

하늘을 나는 여우
스튜어디스의
해피플라이트

대한항공 비행 경력 18년, 승무원의 롤 모델
이향정 교수가 말하는 올댓 스튜어디스

이향정 지음

백산출판사

차례

★ 프롤로그_8

1부 하늘의 꽃
스튜어디스의 세계

1장 스튜어디스 너 정체가 뭐야?

스튜어디스는 [   ]다!_15
스튜어디스에게는 무언가 특별한 것이 있다!_17
스튜어디스는 꼭 예뻐야 할까?_22
항공학과 출신만 스튜어디스가 되는 것일까?_23
English, 영원한 숙적이자 절친_25

스튜어디스는 언제까지 일할 수 있을까?_27
스튜어디스의 월급은 얼마나 될까?_28
그녀들의 비행 준비를 속속들이 파헤치다!_32
출근 후, 절대 피할 수 없는 체크! 체크! 체크!_37

tip ★ 스튜어디스의 파우치에는 무엇이 들었을까?_42

2장 대한민국의 명품 스튜어디스를 꿈꾸다

햇병아리 스튜어디스의 첫 비행 _ 45
스튜어디스가 되려면 무엇부터 해야 할까? _ 52
하늘이 내린 스튜어디스의 신체 조건이란? _ 56
스튜어디스에게 필요한 마인드는 무엇일까? _ 60
스튜어디스의 업무량은 얼마나 될까? _ 62
스튜어디스에게도 직업병이 있을까? _ 66

승무원의 직급 체계를 알려주세요 _ 70
정년 후에는 어떤 일을 할 수 있을까? _ 72
예뻐지는 남다른 비결, 헤어스타일과 메이크업 _ 74
스튜어디스처럼 입고, 신고, 걸쳐라! _ 79
스튜어디스의 톱 시크릿! 승무원 교육 대공개 _ 81
명품 스튜어디스가 되려면 _ 87

tip ★ 당당하게! 자신 있게! 면접에 대처하는 자세 _ 90

항공사 면접 꿰뚫기 _ 92
체크만이 살 길이다! 면접 체크 요령 _ 96
폼생폼사! 이미지 메이킹 전략 _ 100
면접 성공을 향한 스피치 전략 _ 106

2부 하늘에서 지상으로의 파란만장한 줄타기

1장 내 인생의 황금 같은 18년간의 비행

새벽을 깨우는 알람 시계 _ 123

수십 억보다 소중했던 만 원의 행복 _ 126

겉은 요조숙녀 속은 원더우먼 _ 131

100 빼기 1은 과연 99일까? _ 135

하늘의 홍반장이라고 불러다오! _ 140

나도 하늘에선 연예인 _ 144

"Kiss me"가 불러온 엄청난 사고 _ 146

승무원을 꼼짝 못하게 하는 고객 불만 카드 _ 151

스튜어디스라는 이름의 감정 노동 _ 157

긴급 사태! 랜딩기어를 내려라 _ 159

권태기에 대처하는 나만의 자세 _ 163

tip ★ 자연스러운 미소 라인 만들기 _ 168

2장 박수칠 때 떠나라! 인생의 2막을 열다

스튜어디스 출신 박사 1호가 되다!_173
우당탕탕! 8년간의 이중생활_177
꿈을 믿는 사람만이 꿈을 이룬다_180
정금같이 나오리라_184

박사 스튜어디스! 박사 사무장!_187
관광의 즐거움을 학문으로 펼치다!_190
많은 사람들의 hope가 되어라!_194
잘 나갈 때 제2의 인생을 준비하라!_195
네 꿈을 펼쳐라!_198

★ 에필로그_202

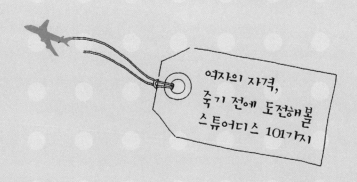

여자의 자격,
죽기 전에 도전해볼
스튜어디스 101가지

승무원의 꿈을 이루는 길은 쉽지 않다. 몇 백 대 일이라는 엄청난 경쟁 속에서 모든 기량을 펼치고 여러 과정을 눈물과 악으로 통과해야만 한다. 마치 각고의 노력을 거쳐 고통을 이겨내고 사법 고시와 행정 고시를 통과해 최종 합격의 별을 따는 것처럼, 몇 년 동안 준비해서 금메달의 영예를 얻는 것처럼 합격의 길은 멀고 험하다.

때로는 한 번으로 끝나지 않고, 7전 8기 혹은 9전 10기로 실패와 좌절을 반복한 끝에 끈질긴 결실을 이뤄내기도 한다. 승무원에 최종 합격한 후에도 긴장을 늦출 수 없는 것은 마찬가지다. 앞으로도 헤쳐 나가야 할 일들이 끊임없이 이어지기 때문에 무사태평하게 지낼 수는 없다.

하지만 여행을 좋아하는 사람이라면, 각양각색의 사람들을 만나는 것을 좋아하는 사람이라면, 다양한 문화와 음식 그리고 축제를 즐기는 사람이라면 꼭 승무원에 도전하기를 바란다. 그 안에는 또 다른 세계와 색다른 인생과 무한한 시간이 여러분을 밝혀줄 것이고 용기와 자신감을 키워줄 것이다.

누구나 꿈을 품고 살며 그 꿈을 이루기 위해 온 힘을 다한다. 아직은 많이 부족하지만 꿈과 희망이 있기에 삶은 분명 의미가 있고 변화가 있는 것이다.

미국 보스턴. 태어날 때부터 목에 탯줄이 감기어 뇌에 산소가 공급되지 못했던 릭Rick은 뇌성마비와 경련성 전신마비로 혼자 움직일 수도 말할 수도 없었다. 여덟 살이 된 해에 릭은 간신히 컴퓨터로 글을 썼다고 한다.

"달리다…… 달리고 싶다."

그렇게 시작된 릭과 그의 아버지의 첫 도전은 달리기였다. 아버지가 아들을 몸에 묶고 뛸 수밖에 없는 상황을 보고 주변에서는 미친 짓이라며 불가능하다고 했다. 하지만 그들은 뒤돌아보지 않고 뛰었다.

그다음에는 마라톤에도 출전한다. 그러고 나서 더 큰 꿈을 꾸고 도전한 것이 트라이애슬론, 즉 철인 레이스였다. 트라이애슬론은 정상인도 하기 힘든 수영, 사이클, 마라톤을 연속으로 이어서 하는 운동으로, 많은 사람들의 우려 속에서도 결국 그들은 해냈다. 그리고 릭은 또 다른 승부를 시작한다. 그는 보스턴대학 특수교육 분야에서 컴퓨터를 전공하고 학위를 받게 된다.

어떠한 꿈이든지 그것을 향해 도전하는 것은 분명 가치 있는 일이다. 건강한 몸과 좋은 조건을 지닌 우리가 하지 못할 것이 무엇이며 불가능한 것이 무엇이겠는가? 모든 불필요한 환경이나 이유는 핑계일 뿐 답은 자신에게 달려 있다. 시간이 걸리겠지만 그 결실은 언젠가 꼭 이룰 수 있을 것이다.

"No Pains No Gains."

책상 위에 붙여놓은, 내가 좋아하는 글귀다. 늘 나를 지켜주었다.

노력과 수고가 없거나 힘든 일 없이 쉽게 얻어지는 것은 아무것도 없다. 내가 진정으로 하고 싶다면, 그 꿈을 성취하기 원한다면 강한 의지로 자신과 싸워야 한다. 가장 용기 있는 자는 자신과의 싸움에서 이기는 자다. 항상 말만 앞서고 몸으로 실천하지 않으면 언제나 그 자리에 있을 것이다.

당신은 어떤 꿈을 진정으로 원하는가? 그 꿈을 이루기 위한 길은 의외로 단순하다. 끊임없이 진정으로 끝까지 노력하는 길뿐이다. 진정한 노력은 결코 배신하지 않는다.

꿈을 향해 하늘을 날고 싶어 하는 모든 예비 승무원과 후배 들. 때로는 멋진 밤하늘의 별과 함께, 양떼들이 뛰노는 구름 위를 그리고 오로라의 환상적인 그림을 배경으로 하늘을 밟고 서는 기분은 묘하고 신비롭다. 그리고 굉장히 특별하다. 소중히 품어온 날개를 달고 푸른 창공을 훨훨 나는 꿈이 하루 빨리 이루어지기를 바란다.

이향정

하늘의 꽃
스튜어디스의 세계

fly in the sky

장거리 비행 시 승무원의
휴식처인 벙크의 내부 모습

스튜어디스
너 정체가 뭐야?

스튜어디스는

[　　　　　] 다!

젊은 시절 한 번쯤 꿈꿔보았을 스튜어디스는 모든 여성의 관심사일 것이다. 단아하고 깔끔하게 틀어올린 머리와 세련되고 멋이 나는 유니폼을 입고 지나가는 스튜어디스의 모습에 남녀노소 누구나 한 번쯤 눈길을 돌리기 마련이다. 아마 이것이 스튜어디스의 또 다른 매력 포인트인지 모르겠다.

스튜어디스는 직업 특성상 유니폼을 입고 출퇴근을 한다. 따라서 양복이나 사복 차림의 직장인들 사이에서 유니폼을 입은 스튜어디스는 더욱 주목을 받기 쉽다. 아마 스튜어디스라면 이런 시선을 의식해 마치 자신이 연예인이 된 듯한 기분을 느껴본 적도 있었을 것이다. 하지만 스튜어디스는 겉모습은 멋있고 화려해 보일지라도 수많은 어려움에 맞서 도전 정신을 잃지 않아야 하고, 직업의식과 자기 관리로 철저하게 자신을 무장해야만 오랫동안 그 자리를 유지할 수 있고, 그 묘미를 느낄 수 있다.

스튜어디스의 유래는 아이러니하게도 여승무원이 아닌 남승무원, 즉 스튜어드에서 출발했다. 당시 유럽에서는 믿음직스럽고 안정감이 있는 남성이 서비스 업무를 수행하는 것을 당연하게 여겼다고 한다. 최초로 남성 객실 승무원을 탑승시킨 항공사는 독일의 루프트한자 항공사로 1928년의 일이었다.

그 이후 여성 객실 승무원이 비행기에 탑승한 것은 미국에서 시작되었다. 그런데 재미있게도 간호사를 채용해서 탑승하도록 한 것이 스튜어디스의 첫 등장이었다. 간호사자격증을 소지한 스튜어디스가 승객을 돌보고 보살피는 역할을 수행했던 것이다. 실제로 장거리 비행에서 의외로 많은 환자가 발생한다. 이를 보면 간호사를 채용해 승객을 보살피게 한 것이 적절한 조치였다는 생각이 든다. 간호사 출신의 스튜어디스에 대한 긍정적인 반응이 전파되면서 불과 2년이 채 지나지 않아 당시 미국 내 스무 곳의 항공사가 경쟁적으로 스튜어디스, 즉 여성 객실 승무원 제도를 채택하게 되었다.

국내 항공사에서는 일반인들이 사용하는 스튜어디스Stewardess라는 명칭보다는 승무원이라는 표현을 더 많이 쓴다. 스튜어디스는 에어 호스티스Air Hostess 또는 에어 걸Air Girl, 스카이 걸Sky Girl이라고도 부르는데, 여성과 남성의 성을 구별하는 스튜어디스, 스튜어드 명칭보다는 플라이트 어텐던트Flight Attendant, 캐빈 크루Cabin Crew 혹은 간단히 줄여 크루라는 명칭을 사용하고 있다. 현재 추세로는 스튜어디스보다 승무원이라는 표현이 지배적이다.

우리가 이야기하는 '하늘의 천사'라는 표현은 승객을 보살피고 간호하는 백의의 천사라는 의미에서 쓰였지만, 이제는 더 나아가 승객의 식사, 숙면, 여행의 즐거움, 친절, 비행 중 필요사항을 수행하는 역할로 발전했다. 그리고 외적인 부분뿐만 아니라 꼼꼼한 서비스 마인드로 똘똘 뭉쳐 사람의 감성을 움직이는 업무를 하는 존재로 인식이 크게 확대되었다. 이제는 스튜어디스가 다국적 승객의 필요와 요구에 적절히 응대하는 전문적인 지식과 행동 요령을 갖춘 멀티 플레이어형의 전문 직업인이라고 자신 있게 말할 수 있다.

**스튜어디스에게는
무언가 특별한 것이 있다!**

최근 항공사의 승무원 채용에서 연령 제한이 없어진 후 많은 여성들이 국내외 항공사 스튜어디스에 도전하고 있다. 승무원 사회 밖으로 나와보니 승무원을 꿈꾸는 사람들이 굉장히 많다는 것을 더 절실히 느꼈다. 스튜어디스 시절에는 늘 동료들과 더불어 있었기 때문에 피부로 느끼지 못했던 사실이다.

왜 이렇게 많은 여성들이 스튜어디스를 목표로 삼는 것일까? 이는 스튜어디스에게는 여성들이 선망하는 무언가 특별한 매력이 있기 때문이 아닐까.

그 첫 번째 매력이라면 아마도 승무원이 늘 색다른 경험을 한다는 점일 것이다. 매번 처음 만난 사람들과 함께 미지의 세계로 동행한다. 일반 직장인이 같은 일을 반복하고, 비슷한 사람들을 만나고, 매일 똑같은 사무실에서 일을 한다면 승무원은 언제나 똑같지 않은 것과 마주한다. 비행마다 수백 명의 승객을 만나고 어디를 가든 다른 나라를 향한다. 물론, 때로는 같은 팀원들과 함께 비행을 나가기도 한다. 승무원들은 오래전부터 국제선 비행의 팀워크를 향상하기 위해 기본적으로 팀 제도를 운용하고 있다. 하지만 팀 비행의 동승률*이 높지는 않다. 심지어 같이 근무한 지 10년이 지난 동료 승무원끼리도 함께 비행하는 경우가 흔치 않다.

도착지에 가서도 새로움에 대한 설렘은 끊이지 않는다. 국내로 돌아가기 전 승무원은 짧지만 달콤한 며칠간의 자유 시간을 얻는다. 어디로 여행을 갈지 어떤 음식을 먹을지 머릿속에는 달콤한 계획이 무궁무진하다. 지난번 이탈리아 비행에서 남부의 소렌토와 폼페이, 나폴리를 돌았으니까 이번에는 베네치아 쪽으로 여행을 가볼까? 늘 새롭고 다양한 풍경 속에서 변화무쌍한 관계를 만들어나간다는 점에서 승무원은 타 직종과는 다른 매력이 있다.

승무원의 또 다른 매력은 각계의 유명 인사들과 직접 만날 수 있다는 점이다. 평생 한 번 보기도 힘든 정계의 유명 인사, 연예인, 스포츠 스타, 기업 CEO, 세계의 명사들과 오랜 시간 함께할 수 있다. 장거리 비행일 경우에는 최소 열 시간 넘게 그들과 함께하고 그들의 일거수일투족을 면밀히 관찰할 수 있다.

*팀원이 장거리 비행을 함께 가는 비율
**행사, 연회 등을 위한 음식 공급 또는 음식 공급업을 의미한다. 항공기 기내식(식음료 및 기내 소모품)을 전반적으로 관리하고 서비스한다.

한번은 내가 맡은 비행기에 대통령이 탑승한 적이 있다. 그 당시는 대통령이 되기 전이었고, 나는 그분을 비행기에서 두 번 정도 모시게 되었다. 파리에서 국내로 들어오는 비행 편에서의 일이었다. 당시 파리공항은 케이터링 Catering ** 직원의 총파업으로 기내식을 공급할 수 없었다. 파리공항은 외부에서 샌드위치와 물만 간신히 구입해 우리 비행기에 탑재시켰다. 기내식은 핫밀Hot Meal과 콜드밀Cold Meal로 구분되는데 말 그대로 핫밀은 뜨겁게 데워 나오는 음식으로 보통 장거리 비행에 두 번 제공하고, 콜드밀은 간단한 스낵이나 샌드위치로 한 시간 내외인 단거리 비행에 서비스하는 음식이다. 그런데 열한 시간이나 걸리는 파리 장거리 노선에서 샌드위치와 물이 웬 말인가? 그나마 서울에서 탑재해온 상위 클래스에 제공할 라면이 있었기에 임시방편으로 기내식 서비스를 할 수 있었지만 그때 진땀을 흘린 것을 생각하면 아찔하다. 걱정과는 달리 그분은 샌드위치와 라면을 즐겁게 드셨고 연신 괜찮다고 한 모습이 기억에 남는다.

그 밖에도 케니 지와 루치아노 파바로티 같은 유명 예술인이 탑승해서 사인과 함께 공연 티켓을 선물받기도 했다. 또한, 김장환 목사님과 조용기 목사님도 탑승해서 하늘에서 기도를 받기도 했다. 그분들을 독대한다는 것조차 결코 쉬운 일이 아닌데 장장 몇 시간을 함께했다니…… 엄청난 영광인 것이다. 그 밖에도 언급할 수 없는 수많은 유명 인사들과 좋은 시간들을 누릴 수 있었다. 비행기라는 특수한 곳에서는 그런 특별한 만남이 자연스럽고 빈번하다.

마지막으로 승무원의 아름다움, 건강, 지적인 능력을 높이 평가하는 사회적 인식을 볼 때, 승무원은 상당히 자존감을 높일 수 있는 직업이다. 그 때문에 덕을 보는 일도 꽤 많다. 모임이나 단체에서 낯선 사람들을 만나면,

"역시 승무원들은 분위기가 남다릅니다" 하고 놀라워하며 승무원을 대하는 자세가 사뭇 달랐다. 나 역시 비행 생활 중에 대학원을 진학하려고 할 때, 무언가를 배우려고 할 때, 새로운 일을 시작하려고 할 때, 그때마다 승무원이라는 직업은 나를 다시 보게 만들고, 인정해주고, 호감을 갖게 하는 긍정적이고 호의적인 반응을 이끌어내었다. 그것은 아마도 승무원이 쉽게 되기 어려운 직업이기 때문일 것이다.

승무원이 되기 위해서는 수차례에 걸쳐 면접과 테스트를 통과해야 하고, 항공사가 제시하는 신체 조건에 부합해야 한다. 또한, 체력이 뒷받침되어야 하기 때문에 일곱 가지 종목의 체력 테스트와 수영 테스트를 합격해야 한다. 지적 능력 역시 승무원이 갖추어야 할 기본 소양이다. 즉, 승무원 과정을 통과할 정도의 실력과 어학 능력은 필수 조건이다. 그리고 기내 서비스의 전반적인 업무뿐만 아니라 세계 각국의 사회, 문화, 예절, 음식, 관광 지식, 글로벌 에티켓에 이르기까지 세계 각국에 대한 정보와 공항 정보를 전달할 지식이 있어야 한다. 세계 시차의 이해, 세계경제, 사회현상 등의 글로벌 지식과 교양 및 상식에도 밝아야 승객과 대화를 나누거나 승객이 원하는 정보를 제공할 때 진정한 서비스를 할 수 있는 것이다.

미모와 지식과 체력을 겸비한 직업이 바로 승무원이다. 높은 경쟁률을 뚫고 승무원이 되는 것은 물론 자신을 갈고 닦아 최상의 서비스를 제공하며 자존감을 높이는 것도 승무원의 또 다른 매력이 아닐 수 없다.

스튜어디스를 둘러싼 오해와 편견 중 가장 비중이 큰 것은 스튜어디스는 미스코리아나 연예인 뺨치게 예쁠 것이라는 생각이다. 비행 시절 간혹 스튜어디스를 대표해서 인터뷰를 요청받은 적이 있다. 기자들은 대중이 궁금해할 질문을 던지기 마련인데 꼭 빠지지 않고 등장하는 것이, "스튜어디스는 얼마나 예뻐야 합니까?"라는 질문이었다. 그런 질문을 받을 때면 나는 이렇게 대답하고는 했다.

"항공사 스튜어디스는 일반인이 흔히 말하는 아름다움의 기준에 충족하는 미인을 찾는 것이 아니라 사람들에게 좋은 느낌을 주는 '대면 호감도'가 높은 사람을 뽑는 거예요. 미스코리아라도 떨어질 수 있습니다. 스튜어디스가 되기 위해서는 예쁜 얼굴이 아니라 얼마나 호감을 주느냐가 중요해요. 나아가 표정, 제스처, 자세, 적극성 등 비언어적인 요소까지도 호감에 영향을 미치지요."

이 대답은 비단 나뿐만 아니라 승무원 면접을 담당하는 인사 담당자들의 공통적인 답변이다. 쉽게 말해서 절세미인을 선출하는 것이 아니다. 예쁜 얼굴보다 편안한 인상이 더 후한 점수를 받는다. 우리가 말하는 아름다움에도 여러 가지가 있다. 깎아놓은 듯한 조각 미남과 미녀, 다소 모자란 것이 매력인 백치미, 아나운서와 같은 깔끔하고 똑떨어지는 아름다움이 있다고 본다면 이러한 미남, 미녀 들에게는 공통적으로 누구든지 다가서기 어려운 부분이 있다.

서비스 업종에서는 완벽한 미인이지만 차가운 인상을 지닌 얼굴보다는, 누구든지 다가가고 싶어지는 편한 인상과 상대방에게 미소를 머금게 하고 밝은 이미지를 주는 얼굴을 원한다. 국내 항공사의 인사 담당자들도 외모와 신체 조건이 승무원을 뽑는 첫 번째 중요 사항이라는 것을 인정한다. 그러나 연예인이나 모델과 같은 미모가 뛰어난 인물이 아니라 승무원 이미지에 합당한 사람을 원한다고 말한다. 여기서 말하는 승무원 이미지란 '깨끗하고 단아하며 편안하고 밝은 인상을 지닌 사람으로, 누구에게나 호감을 주는 외모'라고 설명하고 있다.

만약 승무원을 꿈꾸는 예비 승무원 면접자라면 얼굴에 그늘이나 어두운 곳이 드러나지 않도록 해야 한다. 그러기 위해서는 항상 밝은 미소와 좋은 인상을 심어주기 위한 노력과 변화가 필요하다. 늘 얼굴에 미소를 가득 띠기 위해서는 평소에도 거울을 보며 최상의 미소를 연습하고 대화나 전화를 할 때도 미소를 유지하면서 말하는 연습을 하도록 한다. 그러면 어느 순간 자연스러운 미소와 표정으로 누구에게나 좋은 이미지를 풍기는 얼굴로 바뀌어 있을 것이다.

항공학과 출신만
스튜어디스가 되는 것일까?

세계화 시대를 맞이해 미래 성장 산업인 항공 산업의 중요성이 부각되고 항공업이 대형화, 고급화되면서 항공사 직원에 대한 선호도가 꽤 높아졌다. 이에 따라 관련 업계의 전문 인력 수요에 부응하기 위해 항공 서비스 직원 양성을 목표로 하는 항공 관련 학과가 많이 개설되고 있다. 대학에서도 항공을 중심으로 학교를 특화하려는 추세다. 이런 현상은 스튜어디스를 지망하는 학생의 수요가 많아졌다는 사실을 증명하는 것으로 보인다. 그리고 이전에는 항공 관련 학교가 드물어 많은 학생들이 스튜어디스 학원에 의존하는 경향이 있었다.

그러나 사실 승무원을 지원하는 데 있어 대학과 전공은 그리 크게 좌우하지 않는다. 심지어 승무원 중에는 체육, 무용, 미술, 음악, 연극영화 등 예체능을 전공한 사람들도 꽤 많다. 승무원에게 필수적인 영어 능력은 다른 학문을 전공하면서도 얼마든지 공부할 수 있기 때문이다. 또한, 토익 시험 등 여러 자격시험을 통해 자신의 영어 수준을 얼마든지 평가하고 증명할 수 있기 때문에 전공 선택의 폭을 제한하지 않는다.

그래도 굳이 승무원이 되기 위해 조금이라도 유리한 전공이 있느냐고 묻는다면 그 첫 번째가 외국어 학과라고 할 수 있다. 항공사 취업을 위한 기본 능력인 토익과 회화를 통과해야 하기 때문에 영어를 잘한다면 면접에서 유리할 것이다. 영어를 기본으로 하면서 자신만의 특화된 제2외국어 능력이 있다면 좋은 점수를 받을 수 있다. 두 번째로 항공 관련 학과나 호텔 및 관광학을 전공했다면 도움이 될 수 있다. 아무래도 항공사의 현황이나 항공 기초 상식을 공부하고, 면접 준비를 위해 서비스 마인드와 자세 및 태도를 습득한다면 많은 도움이 되기 때문이다.

그러나 어떤 학문을 전공했든 면접을 볼 때 자신만의 능력과 매력을 어필할 수 있다면 그것이 플러스 요인이 될 수 있음을 명심하라! 왜냐하면 항공과 관련이 없는 학문이라 할지라도 언젠가는 배운 것을 발휘할 수 있는 상황이 발생할 수 있기 때문이다. 또한, 인생에 있어서 무엇을 공부하든 그

것은 다 피가 되고 살이 되어 언젠가는 자신의 능력을 선보일 기회가 생기기 마련이다. 모든 학문과 배움은 서로 연관성을 갖고 잠재력과 능력을 발휘하는 디딤돌이 된다. 무엇을 배우든 그 배움은 결코 헛되지 않다.

English,
영원한 숙적이자 절친

"승무원은 외국어를 잘해야 하나요?" 라고 묻는다면 "당근이지!" 하고 외칠 것이다. 특히, 만국 공통어인 영어를 잘한다면 승무원을 준비하는 데 있어서 정말 큰 도움이 된다. 그리고 승무원이 되어서도 자신의 능력을 키우고 직장 생활을 윤택하게 하는 버팀목이 되어준다. 지금은 글로벌 시대이고 승무원은 다국적 승객과의 다양한 커뮤니케이션이 필수 불가결한 직업이기 때문이다.

그렇기 때문에 승무원 면접에서 가장 큰 비중을 차지하는 것이 외국어 능력이다. 그만큼 영어가 중요하다. 현재 지원이 가능한 토익 점수는 550점 이상이지만 실제 합격자는 700~800점대가 평균적이다. 그리고 영어뿐만 아니라 제2외국어를 할 수 있으면 면접 시에 가시적이든 비가시적이든 가산점이 붙는다. 요즘은 중국 시장이 활성화되어 중국어를 구사하는 지원자에게 관심도가 높으며 그 외의 언어도 항공 시장의 다양한 노선 개발에 도움이 되기 때문에 관심이 집중될 수 있다. 이제는 정말 영어는 기본이고 제2외국어 하나쯤은 할 수 있어야 할 만큼 경쟁도 치열하고 실력도 높아졌다.

승무원을 지원하기 위해서는 토익과 같은 자격시험도 중요하지만, 대부분의 항공사는 2차 면접, 심층 면접에서 영어 질의응답 등 오럴 테스트Oral

Test(구두 시험)를 겸한 영어 인터뷰 테스트를 한다. 토익 성적만 높고 실제 생활 영어가 부족하면 소용이 없다는 것이다. 우리나라 영어 교육의 문제점이 필기 위주의 학습이다보니 이러한 현상이 발생했다.

"이 직업은 말로 시작해서 말로 끝나기 때문에 커뮤니케이션 스킬이 좋아야 성공한다"라는 말이 있다. 승무원은 사람을 상대하는 직업이기 때문에 커뮤니케이션 능력은 말할 나위 없이 중요하다. 잘못된 커뮤니케이션 스피킹은 상상할 수 없는 오해와 고객 불만을 야기하기 때문이다.

국제화 시대, 세계화 시대를 외치는 트렌드에 발맞추다보니 인사 담당자들은 영어 점수와 회화의 중요성을 외친다. 영어를 잘하지 못하면 승무원이 되기란 불가능하다고 할 수 있겠다. 국내선 비행에도 다양한 국적의 승객이 탑승하기 때문에 기본적으로 영어를 할 수 있어야 한다. 그렇기 때문에 대부분의 항공사는 지원 자격에 검증할 수 있는 영어 성적표를 제시할 것을 요구한다. 어학 능력은 단시간에 향상되기 힘들다. 계획을 가지고 꾸준히 공부하고 연습해야만 실력이 오른다. 승무원이 되어서도 비행을 나가서도 자투리 시간을 이용해서 늘 영어 문법책, 회화책, 토익 책을 들고 다니며 공부해야 한다.

**스튜어디스는 언제까지
일할 수 있을까?**

아시아 권의 비행기를 타면 젊고 예쁜 아가
씨들이 유니폼을 입고 환한 미소로 손님을

맞는다. 그렇다면 스튜어디스는 젊은 미모의 아가씨들만이 하는 일일까?
외국계 항공사를 이용해본 사람이라면 알 것이다. 스튜어디스가 결코 젊고
예쁜 아가씨들만의 직종이 아니라는 것을…… 특히 미국 쪽의 비행기에는
통로를 지나다니기에 부담스러울 만큼 엉덩이가 큰 아주머니 스튜어디스가
서비스를 한다. 심지어 손님의 어깨를 툭툭 치며 친근감을 표시하기도 한
다. 어쩌면 삶의 경험에서 우러나오는 여유롭고 편안한 서비스를 지향해서
승객의 몸과 마음을 편하게 하려는 의도인지도 모르겠다. 하지만 일반적으
로 스튜어디스 하면 남자 승객들의 로망으로, 상냥하고 친절하고 날씬한 예
쁜 아가씨들을 기대하기 마련이다. 때때로 단체로 탑승한 시골 아주머니,
아저씨 승객들도 아가씨들이 어쩜 이렇게 예쁘냐며 팔을 쓰다듬기도 한다.

　그렇다면 스튜어디스는 젊은 시절 한때의 직종일까? 스튜어디스의 직
업 수명은 짧은 것일까? 대답은 'No'에 가깝다. 지금은 치열한 경쟁을 어
렵게 뚫고 들어온 직장이기 때문에 쉽게 그만두지 않는다. 물론, 입사한 후
본인이 생각했던 비행 생활이 녹록하지 않다는 것을 깨닫고 1~2년 사이에
그만두는 사례는 있다. 어느 직장이나 그 환경에 적응하지 못하고 이직하는
사람은 발생하기 마련이다.

　그러나 스튜어디스의 직업 수명은 인천국제공항 개항 이후로 많이 길어
졌다. 1990년대 초·중반에는 결혼을 하면 스튜어디스를 그만두는 게 관례
였지만, 지금은 결혼과 사직은 아무런 관계가 없으며 임신을 하고 출산 휴

가를 내었다가 다시 복직해서 비행을 하는 미시 스튜어디스도 많이 있다. 임신을 할 경우에는 육아 휴가 및 출산 휴가를 18개월에서 2년까지 연장할 수 있다. 심지어 둘째 아이를 낳고 두 번째 복직을 하는 승무원도 종종 볼 수 있다. 임신을 이유로 그만두는 승무원보다 복직해서 비행하는 경우가 더 많다. 스튜어디스라는 직업은 힘든 가정 노동에서 잠시 동안의 탈출이자 휴식이 될 수도 있고, 일반 직장인과 비교해 상당한 금액의 월급을 받는 직업은 흔치 않기 때문이다.

요즘에는 열심히 근무하며 자기 계발을 하고 승진을 거듭해 상무까지 올라가는 승무원 출신 사무장들이 많이 탄생하고 있다. 스튜어디스는 외적으로나 내적으로 자기 관리를 철저히 하기 때문에 나이보다 앳되어 보이고 몸짱 승무원도 많은 편이다. 40~50대 승무원도 종종 있지만 누구도 그 나이를 가늠하지 못할 정도로 운동과 피부 관리에 철저하다. 승무원의 정년은 만 55세지만 세심한 건강 관리와 자기 노력이 지속된다면 평생직장으로도 손색이 없는 멋진 직업이라고 할 수 있다.

스튜어디스는 역동적인 직업이다. 그래서 만 55세 정년의 마지막 순간까지 비행하고 아름다운 퇴직을 하는 승무원들이 점점 늘고 있다.

스튜어디스의 월급은 얼마나 될까?

스튜어디스는 화려해 보이지만 정신적, 육체적으로 노동량이 많고 힘든 직업이다. 그렇지만 또 즐거운 것은 월급날이 돌아오기 때문일 것이다. 내가 일한 대가를 충분히 받을수록 자부심과 업무의 능률이 함께 오르는 것 같다.

승무원의 월급은 그 달 각자의 비행시간에 따라 계산된다. 직급별, 비행 시간별로 개인마다 급여의 차이가 있으며 비행 수당이 지급되기 때문에 적지 않은 보수를 받는다. 월급은 근무 연수와 직책에 따라 책정이 되는데 승무원의 연봉은 다른 직종에 비해 높다고 할 수 있다. 스튜어디스를 선호하는 이유는 많지만 그중에서도 가장 큰 이유는 여성들이 일반 회사에서 받는 급여의 2~3배에 가까운 높은 액수의 돈을 받기 때문일 것이다.

승무원은 대체로 국제선 승무원과 국내선 승무원으로 나뉜다. 하지만 국제선 승무원이 가끔 국내선 구간을 비행하기도 한다. 승무원의 급여는 본봉과 국제선 비행에 지급되는 비행 수당과 상여금 등으로 이루어진다. 국내 항공사 입사 후 3개월까지는 본봉의 90퍼센트가 지급되고 그 이후 100퍼센트의 월급이 나온다. 또한, 상여금 750퍼센트, 의료보험, 퇴직금이 포함되어 있다.

국제선을 타면 퍼디움Perdium* 이라는 체재비 또는 체류비를 받게 되는데 이 역시 꽤 쏠쏠한 용돈이 된다. 퍼디움은 보통 해외 체류 중에 식비 및 간단한 물품 구입에 사용한다. 현지에 도착하면 승무원은 회사와 계약된 호텔에서 머물게 되는데 그 비용은 회사에서 부담한다. 부수적인 비용이 들지 않기 때문에 체재비를 아끼고 절약하면 꽤 큰돈을 모을 수 있다. 퍼디움은 체류하

* 경비 또는 출장비. 해외 체류 기간 동안 식비, 교통, 관광 등에 필요한 기본 품위 유지비다. 본인의 계좌로 입금되며 비행 나갈 때 인출해 나간다.

는 시간과 그 나라의 물가에 따라 책정된다. 유럽의 경우는 물가가 비싸서 퍼디움이 다른 지역보다 많이 지급된다. 퍼디움은 개인 통장에 달러로 입금되므로 인출할 때 **빳빳한** 달러를 찾는 기분은 승무원만이 느낄 수 있는 즐거움이다. 나는 쇼핑을 좋아하기도 하고 가족과 친구들 선물 구입으로 항상 퍼디움이 모자랐지만, 한 후배의 경우 퍼디움을 아껴 몇천 달러를 저축한 것을 보고 깜짝 놀랐던 적도 있다.

국내선 승무원은 랜딩 차지Landing Charge *, 즉 착륙 수당을 받는데 국내선 비행에서 착륙할 때마다 지급된다. 국내선 전담 승무원은 하루에 기본적으로 더블 플라이트Double Flight ** 이상을 하게 되므로 네 차례의 랜딩 차지가 지급되는 것이다.

국내선 스케줄은 승무원 사이에서 '빵빵이'라고 부르는, 대여섯 곳의 지방 도시를 찍고 서울로 돌아오는 멀티 플라이트 비행이 꽤 많은 편이어서 랜딩 차지 역시 꽤 쏠쏠한 용돈이 된다.

승무원은 처음에는 1~2년 동안의 인턴 기간을 거쳐 정규직으로 올라가는데, 국내선 인턴 승무원과 국제선 인턴 승무원은 퍼디움까지 합해서 연봉 500만 원 정도가 차이 난다. 국내선 인턴사원의 연봉은 약 2500만 원, 국제선 인턴사원은 약 3000만 원으로, 정규직이 되면 4000만 원 가까운 연봉을 받는다. 직급이 오를수록 월급 통장에 돈이 쌓이는 것을 느낄 수 있을 것이다. 3~4

* 국내선 비행에서 매 착륙 시 지급되는 착륙 수당
** 국내선 비행에서 지선 구간의 왕복을 두 번 다녀오는 스케줄. '서울 김포↔제주 더블 플라이트'의 경우, 제주를 왕복 2회 다녀오는 것이다.

년 정도 근무하면 연봉이 약 5000만 원에 달하고, 수석 사무장이 되면 한 달에 1000만 원 가까이도 받는다.

　승무원의 월급에는 기본급을 포함해 비행 수당, 퍼디움, 착륙 수당, 교통 보조비, 학자금 지원, 제복 지급, 생수 지급(과장급 이상), 연금보험, 신협출자금 등이 모두 포함된다. 때로는 비행이 힘들지만 월급날에는 기쁘고, 또 힘든 만큼의 대가를 받았다는 뿌듯함에 자극을 받고 열심히 비행할 수 있다. 여성의 직업에서 이만큼의 월급을 받고 해외를 이웃집 드나들 듯이 자유롭게 다니며 각 나라의 맛있는 음식을 즐기고, 좋은 물건들을 싸게 사고, 유명한 관광지를 쉽게 갈 수 있는 직업은 아마 없을 것이다.

비행의 시작은 그 전날부터 시작된다. 비행 스케줄이 있는 전날부터 비행의 첫 단추를 잘 끼워야 한다. 다음 날 18시 20분 출발 KE673편을 받았을 경우 객실 브리핑Cabin Briefing★ 시간과 쇼업Show-up★★ 시간을 미리 계산해둔다. 11시 이후에 출발하는 국제선 비행기는 출발 시간 두 시간 전에 객실 브리핑이 이루어진다. 비행 준비와 어피어런스 체크Appearance Check★★★를 하고 함께 탑승하는 승무원들과 인사를 나누기 위해서는 브리핑 시작 한 시간 전에는 도착해 있어야 한다. 그런데 가끔 출발 시각을 잘못 확인할 때가 있다. 눈에 무언가가 씌어 착각을 하는 경우가 종종 발생한다. 가령 13시 10분 비행을 3시 10분으로 착각한다든지 15시 20분 비행을 5시 20분으로 착각해서 어처구니없게 출발 시각에 늦어 비행을 놓치는 경우다. 이를 항공 용어로 미스 플라이트Miss Flight★★★★라고 한다.

미스 플라이트가 발생하는 대부분의 경우는 이른 새벽 비행에 늦잠을 잤거나 심각한 교통 체증으로 늦는 경우다. 새벽 비행에 걸리면 오전 4~5시

★ 출발하는 비행 편에 대해서 서류 체크, 안전사고 예방 스트레칭, 담당 근무 구역 확인 및 점프 시트 확인, 비행 기종 및 승객 현황 파악, 안전 교육 및 서비스 교육, 최근 지시 사항 확인, 고객 불만과 칭송 사항 리뷰, 해당 비행 편 특이 사항 확인, 팀워크를 다지는 시간이다.

★★ 비행을 위해 정해진 시간에 준비하고 인원을 점검하는 것으로 국내선은 쇼업 리스트(Show-up List)에 서명한다.

★★★ 용모 점검이라는 뜻으로 승무원들이 비행을 나가기 전에 적합한 용모와 복장을 갖추었는지 점검하는 시간이다. 유니폼의 청결 및 구김 상태, 헤어, 메이크업, 손톱과 매니큐어, 구두, 앞치마, 향수, 액세서리, 체중 등을 확인하고 가다듬는다.

★★★★ 정해진 출발 시각에 맞춰 비행을 나가지 못하고 놓치는 것을 말한다.

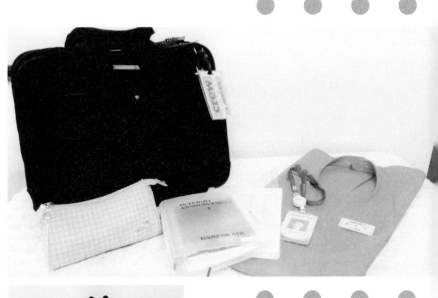

스튜어디스는 비행 전에
여권과 아이디 카드, 매뉴
얼을 챙겨놓고 기내화와
램프화를 깨끗하게 닦아
준비해놓는다.

에 일어나야 하기 때문에 비행 초년병 시절에는 적응하기가 쉽지 않다. 아침잠이 많았던 한 동기는 1년에 여섯 차례나 미스 플라이트를 저지르기도 했다.

승무원이 대기실에서 쇼업을 하지 않고 객실 브리핑 시간에 나타나지 않을 경우, 이때의 해결 방법은 두 가지다. 공항이나 사무실에서 스탠바이Stand-by *하고 있는 승무원이 대신 비행을 하거나(이 경우가 정석이다) 또 하나는 운 좋게 마음씨 좋은 팀장을 만나 브리핑은 참석하지 못했지만 곧바로 비행기에 탑승하는 것이다. 이런 팀장을 만난다면 당신은 행운아다!

비행 출발 시각을 보고 또 보면서 계산을 셀 수 없이 했지만 나 역시 비행 6년차 시절에 한 번 실수를 한 적이 있다. 출발 시각을 잘못 기억하고 다시 확인해보지 않았던 것이다. 착각의 늪에 빠져 내 머리만 믿은 탓이다!

"오! 맙소사……."

출근하는 내내 하늘이 노랗고 목구멍이 바싹바싹 타들어갔다! 발을 동동 구르며 "어떡해, 어떡하지……. 큰일이다"라는 말만 반복했다. 택시 아저씨를 닦달해서 어떻게 왔는지 모르게 도착한 나는 다행히 비행기에 바로 탈 수 있었다. 당시 비행할 수 있도록 해준 팀장님 덕분에 무사히 해결되었지만 진땀을 흘린 기억을 떠올리면 지금도 아찔하다.

이렇게 마음을 졸이고 정신없이 허겁지겁 출근하게 되면 마음의 안정을 찾지 못해 승객에게 실수를 할 수 있기 때문에 대기 중인 다른 승무원으로 교체해서 비행을 나간다.

미스 플라이트는 승무원에게는 치명적인 오점을 남기고, 본인의 벌점으로 인해 소속 팀과 본인의 진급에도 큰 마이너스 요인이 된다. 다행히도 내 경우는 교통 체증이나 늦잠, 출발 시각을 착각해서 다소 늦은 경우는 있었지만, 18년 동안 미스 플라이트 한 번 없이 비행을 마무리 지었다. 쉬운 일이 아니기에 나 스스로 대견하고 뿌듯하게 생각한다.

몇 번이고 계산해서 일어날 시각과 집에서 나가야 할 시각, 브리핑 시간을 맞춰놓은 후에 준비할 것이 있다. 내일 입을 유니폼, 앞치마, 구두 및 각종 비행 준비물을 챙기는 것이다. 유니폼이 밝은 색으로 바뀌고 난 후에는 세탁하는 횟수가 늘어났다. 대한항공의 유니폼은 이탈리아의 세계적인 디자이너 지안프랑코 페레Gianfranco Ferre의 작품으로 크림색과 스카이블루의 매치가 조화롭다. 하지만 유니폼과 앞치마가 밝은 색이기 때문에 한 번 비행을 다녀오면 곧바로 시커멓게 때가 낀다. 그래서 퀵턴Quick Turn ** 비행이 많은 달에는 빨고 다리느라 쉴 새 없이 바쁘다. 다시 한 번 유니폼과 앞치마의 다림질 상태를 체크하고 비행에 필요한 두 종류의 구두를 확인한다.

스튜어디스가 평상시에 신는 램프화Lamp Shoes는 7센티미터 정도의 굽 높이로 출퇴근 시 신는다. 기내에 들어서면 3~4센티미터의 기내화Cabin Shoes를 착용하는데, 일하다보면 각종 음료와 소스, 기내 먼지로 금방 더러워져서 잘 닦아놓아야 한다. 처음에는 구둣방에 가서 돈을 주고 닦았지만 휴일이 겹치거나 새벽 비행을 할 경우 그리고 해외에 나가 있는 경우에는 본인이 닦아야 한다. 오랫동안 하다 보면 구두 닦는 노하우도 생긴다. 반짝반짝 광나게, 구두에 광을 내는 데에는 살짝 젖은 융 타월이 최고다. 그러고 나서 여권과 아이디 카드(신분직원카드), 매뉴얼(교범) 등을 잘 챙겨놓고 알람을 맞춘다.

이제 자야 한다. 승무원에게 수면은 휴식에 앞서 승객에게 건강하고 좋은 인상을 남기기 위해 꼭 필요한 것이다. 특히 늦은 저녁에 출발하는 비행의 경우, 아침부터 일어나 일을 보다가 비행을 나가면 피로한 모습으로 근무하기 쉽다. 본인도 힘들고 승객들도 보기 안타까워한다면 그것은 진정한 프로의 모습이 아니다. 그렇기 때문에 승무원들은 일어났다가도 밥을 먹고 또다시 잠을 청한다. 이제는 가족들도 비행을 나가기 전이나 다녀온 후에 잠드는 것에 많은 신경을 쓴다. 잠을 깰까봐 조심조심하고, 잠을 자지 못하고 비행을 나가면 걱정한다.

모든 승무원들은 최상의 컨디션을 유지하기 위해 비행 근무 전날에는 힘든 운동이나 음주, 수혈도 금지한다. 승무원이 지켜야 할 규정 중에는 비행 출발 스물네 시간 전에 스쿠버다이빙을 금지하고 열두 시간 이내에 알코올 섭취를 허용하지 않는 규정도 있다.

진정한 프로의 길은 철저한 자기 준비와의 싸움이다. 또 한 번 점검하고 확인해야 내 분야에 빈틈이 없다. 그것이 정답이다. 대충하거나 이 정도면 되겠지 하며 할 일을 내일로 미룬다면 빈틈이 생기고 만다. 성공의 길은 갑자기 점프하는 것이 아니라 작고 사소한 것 하나하나에 최선을 다하고 노력할 때 언젠가 그 길에 다다르는 것이 아닐까.

출근 후, 절대 피할 수 없는 체크! 체크! 체크!   시간을 계산하고 준비물을 재확인한 후 집을 나선다. 버스가 늦을 경우에는 왠지 모를 불안감에 눈이 빠지게 버스를 기다린다. 다행히 인천국제공항으로 가는 고속도로는 많이 막히는 구간이 아니기 때문에 버스만 오면 도착 시간은 일정하다. 인천국제공항 개항 전에는 김포공항으로 가는 길 곳곳에 정체 구간이 있어 여러 번 발을 동동 구른 적이 있다.

공항에 도착해 셔틀버스로 갈아타고 회사 건물로 향한다. 아…… 회사다. 다소 긴장하며 밝은 표정으로 동료들에게 인사한다. "안녕하십니까, 오랜만이에요. 오늘 어디 비행 가세요?" 매일 물으면서도 서로 또 묻게 되는 승무원의 인사말이다.

회사에 도착하면 제일 먼저 하는 것이 어피어런스 체크다. 예전에는 일정 시간을 정해놓고 모두가 모인 자리에서 최고선임 여승무원이 점검했지만, 지금은 개별 준비 후 브리핑 시간에 간략히 체크한다. 머리가 흐트러지지는 않았는지, 유니폼이나 앞치마는 구김이 없는지, 화장과 매니큐어는 지

워지지 않았는지 스스로가 체크한다. 스튜어디스 대기실에는 승무원의 어피어런스 체크를 도와주기 위해 국내선 사무실이나 국제선 사무실에 미용사가 상주해 있다.

어피어런스 체크 후에는 객실 브리핑을 위해 함께 탑승하는 팀원을 만나고 비행을 준비한다. 비행 준비는 객실 브리핑에 필요한 자료를 체크하고, 서류 준비 및 담당 구역 확인과 점프 시트Jump Seat★ 확인, 비행기 기종과 승객 현황 확인, 해당 비행 편의 특이 사항 등을 준비하고 메모하는 것이다.

객실 브리핑은 비행기에 탑승하기 전에 함께 일할 팀원들과 비행 근무에 앞서 관련 정보(노선의 특징과 승객의 수, VIP 명단, 기내식 서비스, 노선 특이 사항 등)와 안전사항을 숙지하고, 서비스사항과 최근 업무 지시사항, 고객 응대 자세 등 책임감을 가지고 팀워크를 발휘할 수 있도록 하는 중요한 시간이다.

객실 브리핑은 사무장 주관 아래에 이루어진다. 국제선 비행은 팀이 고정적이기 때문에 늘 함께 비행하기도 하지만, 스케줄이 달라 다른 팀에 들어가기도Join 한다.

객실 브리핑 후에는 비행기로 향한다. 비행기에 탑승하면 제일 먼저 하는 것이 자신의 짐 정리다. 여행가방을 승무원 담당 구역 내 적절한 곳에 두고 앞치마와 비행 중 필요한 물품을 꺼내어 가까운 곳에 둔다. 그

★ 항공기, 자동차, 기차 등의 접의자. 승무원들이 착석한다.

★★ 운항 승무원 및 객실 승무원이 모두 모여서 그날의 비행 스케줄에 대한 비행시간, 기상 상태, 보고 절차, 비상시 대처 요령 등을 교환하고 팀워크를 다지는 시간이다.

★★★ 승무원들이 사용하는 주방. 기내식이 들어 있는 카트, 냉장고, 오븐, 전자레인지, 워터보일러, 커피메이커 등이 장착되어 있다.

리고 담당 근무 구역에 비상보안 장비 점검Pre-Flight Check을 한다.

비상보안 장비에는 소화기, 산소통, 손전등, 메가폰, 의료 용품, 송수신기, 방폭 담요 등 다양한 것들이 있다. 비상보안 장비 점검은 함께 탑승하는 팀의 방식에 따라 모든 승무원이 동시에 체크하기도 하고 각자 하기도 한다.

점검 후에는 운항 승무원인 기장, 부기장과 운항 브리핑Captain Briefing★★ (또는 합동 브리핑이라고 한다)을 실시한다.

과거에는 운항 브리핑을 비행기 탑승 후에 실시했지만, 이제는 객실 브리핑이 끝난 직후 실시하는 것으로 변경되었다.

운항 브리핑에서는 비행시간, 그날의 기상 상태, 비상시 대처 요령 등에 관해 정보를 받는다. 브리핑이 끝나면 각자의 담당 구역으로 가서 객실 상태와 갤리Galley★★★ 장비를 점검하고, 서비스 기물 및 용품 탑재 확인, 기내식 확인, 기내 판매품 확인 등 각자가 맡은 구역의 점검이 시작된다.

점검이 끝나면 승객을 맞을 준비를 시작한다. 화장실에 필요한 물품들 (화장품, 칫솔, 물티슈 등)을 세팅하고, 신문과 잡지를 서비스할 수 있게 준비한다. 헤드폰과 승객 편의용품을 준비하고 얼음이나 드라이아이스로 음료를 시원하게 한다.

그 외에 미리 해두면 좋을 필요한 준비들을 하느라 서로가 이리 뛰고 저리 뛰며 땀방울이 송골송골 맺히도록 분주하다. 호떡집에 불났다는 말이 절로 떠오른다.

자, 이제 손님을 맞을 준비를 어느 정도 해두었다면, 각자의 담당 구역에 위치해 승객을 맞는다. Boarding Stand-by!

각자의 환영 위치Boarding Position에 선 승무원들은 기내 서비스 준비로 바쁘게 뛰어다녔던 것과는 달리, 백조와 같이 우아한 자세와 환한 미소로 승객을 맞이한다. 승객에게 인사하며 좌석 번호와 자리를 알려주고 승객의 수화물 정리를 도와준다.

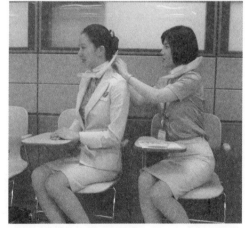

스튜어디스는 비행기에 오르기 전에 객실 브리핑(위)과 어피어런스 체크(아래)를 하며 비행 준비를 한다.

스튜어디스의 파우치에는
무엇이 들었을까? ♂ ✦

장거리 비행을 나가면 스무 시간 이상 메이크업을 유지해야 하는 스튜어디스.
그럼에도 왜 그녀들의 피부는 화장 하나 들뜨지 않고 뽀얗고 촉촉하기만 한 것일까?
사하라 사막과 같이 건조한 기내와 밤샘 작업이라는 악조건 속에서도
싱싱한 피부를 유지하는 그녀들의 피부 서포터를 만나본다!

기초 화장
피부를 척박하게 하는 기내 환경에서 무엇보다 중요
은 수분 공급이다. 수시로 물을 마셔 몸에 수분을 공급하는 것은 스튜
스의 상식이고, 수분력이 강한 기초 화장품을 사용한다면 그야말로 퍼
수분 공급의 절대 강자라고 불리는 시슬리와 뉴스킨은 즉각적인 보습
로 푸석푸석한 피부를 촉촉하고 유연하게 가꿔주면서 스튜어디스 사
서 인기몰이를 하는 제품이다. 더군다나 뉴스킨은 일본 스튜어디스 선
1위 화장품으로 뽑혔다고 하니 귀가 쫑긋 서지 않는가!

파운데이션
파운데이션도 수분 함유가 중요하다. 수분
력과 커버력을 동시에 갖고 있다면 금상첨화! 바비브라운의 파
운데이션과 헤라HD는 피부 속까지 촉촉함을 전달해주는 것은
물론, 무게감이 가볍고 발색력이 뛰어나다는 평을 받고 있다. 밝
고 화사한 이미지를 승객들에게 선사해야 하는 스튜어디스에게
있어서는 핫 아이템이 아닐까?

자외선 차단제

기내라고 방심하지 말자! 고도가 높아질수록 자외선은 더 강해지기 때문에 서너 시간마다 틈틈이 발라줘야 한다. 하지만 건조한 기내에서 매트한 타입의 자외선 차단제는 솔직히 별로다. 끈적거림 없이 발리고 로션처럼 쏵 스며드는 가네보의 자외선 차단제는 기름기가 없어 번들거리지 않는 것이 큰 강점으로 꼽는다.

파우더

파운데이션으로 보습력을 높여주고 커버를 했다면 파우더는 입자가 고운 것을 선택해 비행 중간 중간 메이크업이 지워질 때마다 얇게 덧바르는 것이 좋다. 샤넬과 케사랑파사랑의 파우더는 커버력은 뛰어나지 않지만, 아기처럼 뽀얗고 투명하며 화사한 얼굴을 연출해준다. 유분 기를 잡아주고, 수분력도 뛰어나 메이크업 아티스트들에게도 사랑받는 제품이다.

마스카라 & 아이라이너

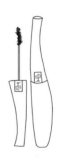

스튜어디스 메이크업은 화사하면서 깔끔한 라인이 생명이다. 그런데 오전에는 깔끔했던 아이 메이크업이 어느 순간 뭉개지고 번져 판다가 되어 있다면? 마스카라계의 여왕 랑콤과 아이라이너의 기대주 바비브라운의 젤 아이라이너는 스튜어디스뿐만 아니라 대부분의 여성들에게 사랑을 받으며, 컬링과 발색력, 지속력, 똑떨어지는 라인 등 모든 면에서 최고의 평을 받고 있다.

그 외에도 워터 스프레이와 아이스틱(주름 예방 및 자외선 차단 겸용 제품으로), 립글로스를 수시로 뿌리거나 덧발라 피부를 늘 촉촉하고 생기 있게 유지한다. 마지막으로 진하지 않은 은은한 향의 향수로 마무리한다.

대한민국의
명품 스튜어디스를
꿈꾸다

**햇병아리 스튜어디스의
첫 비행**

나의 첫 비행은 로스앤젤레스 비행이었다.

18년 전의 일이라 기억이 생생하지는 않지만, 그럼에도 또렷이 기억에 남는 딱 한 가지는 허둥지둥하며 정신없이 뛰어다녔다는 것이다. 발은 왜 그리 아프던지…… 새 구두가 발을 꽉꽉 조이는데 발가락이 서로 엉켜 열 발가락이 다 꼬이는 것 같았다. 정말 발바닥에 불이 나도록 뛰어다녔다. 비행기 구조가 비슷비슷해서 갤리 주변을 한참 뱅글뱅글 돌기도 했다.

"앞치마랑 기내화, 화장품 가방을 여기 두었는데 어디 간 거야."

어느 컴파트먼트Compartment* 에 넣어두었는지 몰라 울상을 지으며 한참을 찾

＊ 항공기 내에서 기내 물품, 기내식, 기내 면세품 등을 보관할 수 있는 물품 보관용 칸이다. 다양한 크기가 있으며 닫힘 장치 (Locking)가 장착되어 있다.

아다니자 결국 선배님이 찾아주었다.

아다니자 결국 선배님이 찾아주었다.

막내 승무원이 비행기에 탑승하자마자 하는 일은 자신의 가방 및 소지품을 챙기고 비상장비를 점검한 후 신문과 잡지를 세팅하는 일이다. 여러 뭉치의 신문 묶음을 카트에 싣고 세팅하기 편한 곳으로 옮긴 후 구역별로 나누어서 세팅하면 어느새 손은 시커멓게 변한다. 그런 후에는 잡지 가방을 낑낑 끌고 와서 잡지꽂이에 꽂고, 화장실로 가 필요한 용품을 세팅한다. 정신없이 뛰어다니고 땀이 뒤범벅되어 새까만 손으로 얼굴을 만졌나보다. 사무장님이 화장실에서 거울 좀 보고 오란다. 이마가 시커멓다.

"참, 신문을 세팅할 때는 비닐장갑을 착용하라고 배웠지……."

비닐장갑을 찾을 마음의 여유가 없었을뿐더러 어디 있는지도 몰라서 맨손으로 하고 말았던 것이다.

그렇게 정신없이 손님맞이가 시작되었다. 승객들이 우르르 몰려들기 시작한다. 탑승 음악Boarding Music이 흘러나오고 사무장님과 승무원이 '빅 스마일'을 지으며 좌석 안내를 시작했다. 짐 보관을 돕고 좌석벨트를 제대로 맸는지 확인한 후, 비행기가 이륙한다. 승무원에게는 잠시나마 숨을 돌릴 수 있는 고마운 시간이다. 이륙을 위해 모든 승무원이 착석하자 곧이어 굉음과 함께 비행기가 무거운 몸을 일으키고 상공을 향해 날아오른다. 앉아서 잠시 휴식을 취하던 승무원에게는 이 순간이 왜 이리 짧게 느껴지는 것인지……. 좌석벨트 표시등이 '띵!' 하는 소리와 함께 점멸되면 본격적인 서비스가 시작된다. 나를 쳐다보는 승객들의 시선 때문인지 더 긴장감이 들고 첫 비행을 실수 없이 끝낼 수 있도록 마음속으로 기도한다. 앞치마를 갈아입자 선배님이 뒤쪽을 가리키며 서빙용 카트를 가져오라고 지시를 내린다.

카트에 헤드폰과 승객 편의용품 세트를 한가득 올려놓고 승객 한명 한명에게 나누어준다. 그런 다음 타월 서비스가 시작된다. 식사 전에 손을 닦는 것이다.

모든 서비스는 제공하면 바로 회수하는 것이 원칙이다. 깨끗하게 정리하지 않으면 비행기 안은 금세 쓰레기통으로 변하기 때문이다. 한 사람 한 사람이 무심코 던진 휴지이지만, 300명이 복작이는 북새통 속에서 열 시간을 넘게 날아가다보면 한마디로 난장판이 된다. 모든 승객이 내리고 난 자리를 보면 헉, 난지도가 따로 없다.

타월 서비스가 끝나면 기내식 서비스Meal Service에 앞서 음료를 먼저 제공한다. 식사 전에 마실 것을 드린 후 본격적인 기내식 서비스가 시작되는 것이다. 모든 서비스에는 자신이 맡은 구역이 있어 듀티Duty가 책임을 지게 되어 있다. 신입 승무원 시절에는 승객들 앞에 서는 것이 낯설고 긴장되어 음료 서비스를 할 때 곧잘 실수를 저지르고는 한다. 주스나 콜라 같은 음료를 승객에게 쏟으면 장시간 비행이 그야말로 가시방석이다. 레드 와인이나 토마토 주스를 승객에게 엎지르면 완전 낭패다. 닦아도 잘 지워지지 않기 때문에 최선의 방법은 다른 옷으로 갈아입게 하고 빠른 시간 안에 세탁하는 것이다. 비행기에서 빨래를 해본 적이 있는가? Yes! 한 가지 다행인 것은 비행기 안은 굉장히 건조하기 때문에 빨래가 아주 잘 마른다는 것!

일반적인 오염은 기내의 일회용 타월에 소다워터라는 탄산수를 묻혀서 닦으면 대부분 잘 지워지고, 레드 와인은 화이트 와인으로 닦아낸다. 개인적으로 와인 이레이저Wine Eraser를 가지고 다니는 승무원도 많다.

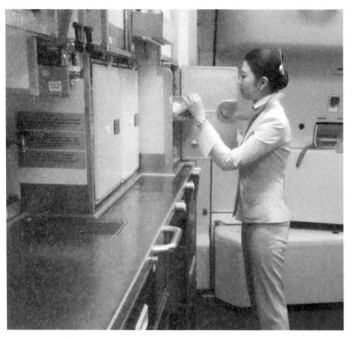

승무원들은 갤리에 들어와서 서비스 용품의 올바른 탑재 여부와 기내식을 체크하고, 갤리 내에 있는 오븐, 커피메이커, 워터보일러 등의 작동 상태도 점검한다.

하지만 결국 승객의 의복을 훼손하거나 오염시켰을 경우에는 클리닝 쿠폰Cleaning Coupon*을 지급해서 세탁 비용을 지불해야 한다. 음료를 쏟았을 경우, 불쾌해진 승객의 기분은 어떠한 조치를 취하느냐에 따라 빨리 화가 풀리거나 반대로 화를 키울 수도 있기 때문에 발 빠른 행동을 취해야 한다. 예쁜 스튜어디스가 실수를 인정하고 깔끔하게 뒤처리를 하면 금세 화가 풀리는 남자 승객도 많다.

국내선 비행에서도 음료를 서비스하고 있다. 한번은 국내선 비행에서 콜라 폭탄 사고가 있었는데 그날 첫 비행을 하는 신입 승무원이 긴장해서 실수한 사건이었다. 국내선에는 모든 음료를 큰 페트병에 담아 탑재하고 승객 앞에서 따르면서 서비스한다. 그런데 이 승무원은 시원해진 콜라 병을 잡고 따르다가 병에 맺힌 습기에 손이 미끄러져 "어머! 어머!" 하면서 발포성 있는 콜라를 승객들을 향해 마구 뿌려댄 것이다. 지금 생각해도 난감하면서도 상당히 웃긴 장면이다. 그 일을 수습하느라 짧은 국내선 구간에서 얼마나 진땀을 뺐던가!

음료 서비스가 끝나면 기내 서비스의 정점인 기내식 서비스가 시작된다. 기내식의 꽃은 비빔밥이다. 한국인 승객뿐만 아니라 외국인 승객들도 상당히 좋아하는 음식으로 우수 기내식으로 선정되기도 했다. 하지만 기내식 서비스가 전체 기내 서비스의 정점인 만큼 가장 어려운 서비스이기도 하다. 승객 분포와 출발지에 따라 식사 주문을

* 일종의 세탁권으로, 약 10달러의 비용 청구가 가능하다. 목적지에 도착 후 카운터에서 교환해준다. 승객의 의복을 닦아도 얼룩이 남을 경우 사무장이 지급하게 되며, 간단한 레포트를 회사에 제출해야 한다.

받을 때 개수가 딱 맞아떨어지지 않기 때문이다. 때로는 비빔밥 주문이 많아 일부 승객에게는 메뉴 선택의 기회를 주지 못하고 남은 쇠고기 요리를 서비스하기도 하고, 또 반대로 쇠고기 요리가 모자라 발을 동동 구르며 양해를 구하는 일이 수시로 발생한다.

항공기는 공간의 부족으로 많은 식사를 탑재하기 어렵다. 더 많이 충분히 실으면 좋겠지만 그렇게 할 수 없다. 약간의 여유분만을 탑재하기 때문에 300명이 넘는 승객의 기호와 그날의 상황을 예측하기 어려운 것이 사실이다. 이러한 상황을 이해해주는 승객도 있지만 대부분 먹고 싶은 것을 먹지 못하게 되면 불만을 가질 수밖에 없다. 그렇기 때문에 매번 승객에게 양해를 구해야 한다.

일본, 홍콩 등 단거리와 중거리 비행의 경우 한 번의 기내식이, 미국과 유럽 등 장거리 비행에는 기내식이 두 번 서비스된다. 상위 클래스인 퍼스트 클래스와 비즈니스 클래스는 코스Course 요리로 제공하지만, 이코노미 클래스는 두 가지 메뉴 중 하나를 선택해 한상 차림으로 제공한다. 식사와 함께 와인이 서비스되며 이후에는 커피, 음료, 물이 서비스되고 다시 카트를 끌고 나가 회수한다.

정신없이 기내식 서비스를 마친 후에는 기내의 통로와 화장실을 점검한다. 식사가 끝나면 화장실은 북새통이다. 옛날에는 막내의 담당이었던 화장실 청소를 이제는 모든 승무원이 돌아가며 하고 있다.

아직 끝이 아니다. 식사가 끝나면 이어지는 것이 기내 면세품 판매다. 한국에서 출발할 때에는 판매가 별로 없었지만 돌아오는 귀국길에는 세 시간씩이나 이어지기도 한다. 이쯤 되면 배고프고 다리도 아프고, 모든 스튜어

디스가 가장 지치는 시간이다. 기내 판매가 끝나면 기내의 모든 불을 끄고 영화 상영이 시작된다. 드디어 숨 돌릴 시간이 찾아온 것이다. 승객들이 편안히 긴장을 풀고 휴식을 취할 수 있도록 도와주며 기내를 조용하게 유지하는 것이 중요하다. 승객들이 휴식을 취하는 동안 승무원들은 교대로 식사를 하기도 하고, 아홉 시간이 넘는 장거리 비행일 경우에는 간이침대에서 한두 시간가량 휴식을 취한다.

　승무원은 계획된 서비스 순서에 맞춰 함께하는 팀원과 호흡을 맞추며 차례차례 일을 해야 한다. 정신없는 가운데 서비스를 마치고 식사를 하는데, 갤리로 들어가 선반에 서서 벽에 붙은 오븐을 쳐다보며 먹는 밥이 왜 그리 어색한지…… 그래도 배고팠던 터라 엄청나게 맛있었다. 그렇게 정신없었던 최초의 기내 서비스가 진땀을 빼며 긴장한 가운데 정리되었다.

　햇병아리 스튜어디스 시절부터 선임 사무장까지 18년 동안의 비행 생활을 바탕으로, 이제 스튜어디스가 갖추어야 할 요소가 무엇인지 이야기해보고자 한다. 신문 세팅부터 승객 하기下機인사까지 숨가쁜 비행 업무이지만, 꿈과 동경을 품고 있다면 마음의 어피어런스 체크를 마치고 탑승 위치에 설 준비를 하자.

**스튜어디스가 되려면
무엇부터 해야 할까?**

스튜어디스를 꿈꾸는 사람은 멋진 유니폼과
전 세계를 넘나드는 화려한 생활, 우아하고
아름다운 자태를 상상하며 그 꿈을 좇는다. 하지만 승무원이 되기 위한 길은
대학 입시만큼이나 멀고 끊임없는 노력이 필요하다. 오랜 기간 준비하고 도
전하지만 행운의 여신이 따라주지 않는다면 한때의 꿈으로 끝나버리기 쉽다.

승무원이 되기 위해 갖추어야 할 자질과 만들어나가야 할 사항들은 크게
다섯 가지로 정리할 수 있다. 바로 이미지 관리와 어학 관리, 건강 관리, 커
뮤니케이션 능력 관리, 성적 관리다.

승무원은 항공사가 요구하는 신체 조건에 부응해야 한다. 또한, 대면 호
감도를 높이기 위해 외모를 가꾸는 일에도 소홀해서는 안 된다. 스튜어디스
는 기내에서 승객들과 얼굴을 맞대고 서비스를 하는 직업이기 때문에 이미
지 관리가 무엇보다 중요하다. 따라서 면접에서의 첫인상과 첫 느낌이 당락
의 반을 좌우한다고 볼 수 있다. 면접 시 인사 담당자들은 친근하고 편안한
인상의 외적 호감도가 높은 사람을 찾는다.

그렇다면 과연 비호감인 인상을 호감으로 바꾸는 비결은 무엇일까? 호
감 가는 인상의 첫걸음마는 무조건 미소다. 거울을 보면서 몇 개의 치아가
보일 때 내 미소가 최적의 스마일이 되는지 확인한 후 언제나 웃고 다닌다.
그러면 어느 순간 누구나 다가갈 수 있는 좋은 인상으로 바뀔 것이다. 시간
을 내어 별도로 스마일 연습을 하는 것도 좋지만 평상시 전화를 하면서, 거
울을 보면서, 다른 사람과 이야기를 나누면서 웃고 대화하는 습관을 기른다
면 일상에서 좋은 연습이 될 것이다.

이미지 관리와 더불어 필요한 것이 외모 관리로, 키에 걸맞은 체중 관리가 필요하다. 스튜어디스는 유니폼을 입는 직업이고 유니폼은 그 항공사의 이미지를 대표하는 상징이다. 더 나아가 국가를 대표하기도 한다. 비행하는 승무원들의 사회를 라인(현장)이라고 지칭하기도 하는데, 라인에서도 승무원들의 운동과 다이어트 열풍은 대단하다. 승무원은 1년에 한 번 신체검사를 받는다. 그때마다 키와 몸무게를 측정해서 과소 체중, 적정 체중, 과체중으로 구별해 각 승무원에게 통보한다. 비행을 시작하고 한두 해가 지나면 긴장이 풀리고 모든 음식이 그렇게 맛날 수가 없다. 그러면서 뱃살은 점점 늘어나고 결국 뱃살과의 전쟁이 시작된다. 죽음의 다이어트에 도전했다 실패하기를 반복한다. 더군다나 2005년에 새롭게 디자인되어 현재까지 착용 중인 대한항공 유니폼은 몸매를 여지없이 드러내는 스타일이기 때문에 조금이라도 살집이 있는 사람은 다이어트를 시작해야 한다.

두 번째로 준비해야 할 것이 어학 관리다. 글로벌 시대를 맞이해 어학은 어느 업종에서도 빠질 수 없을 만큼 중요해지고 있다. 다국적 승객들이 많이 이용하는 항공사는 더 말할 것도 없다. 어학뿐만 아니라 그 나라의 문화 특성, 국민성까지도 파악해 고급화된 맞춤 서비스를 하고 있는 실정이다. 영어는 앞에서도 강조했지만 간단하게 정리하면, 지원 자격증은 토익 550점 이상이지만 안정권에 들려면 700점 이상을 받아야 한다. 여기에 제2외국어자격증까지 있다면 금상첨화다. 또한, 자격증을 뒷받침할 회화 능력도 중요하다. 유수의 항공사들이 면접을 볼 때 인터뷰 테스트와 기내방송 테스트를 함께하고 있기 때문에 외국 항공사는 물론 국내 항공사에서도 커뮤니케이션에 부족함이 없어야 한다.

세 번째는 건강 관리다. 야간 비행과 시차와의 싸움, 불규칙한 생활 습관, 제트 래그Jet-lag★ 등 이 모든 것은 승무원이 극복해야 할 직업상의 환경적인 어려움이다. 따라서 철저하게 건강 관리를 하지 않으면 비행이 점점 힘들어지고 몸에 탈이 난다. 승무원들은 또래 젊은이들보다 보약과 영양제를 많이 챙겨 먹는다. 서로가 건강을 챙기고 해외에 나가서 운동도 함께하며 건강한 체력을 유지하려고 한다. 그렇지 않으면 이 일을 오랫동안 할 수가 없다.

더군다나 승무원은 1년에 한 번 체력 테스트와 수영 테스트를 받는다. 체력 테스트에는 윗몸일으키기, 서전트 점프(제자리 뛰기), 유연성 검사, 눈 감고 외발 서기, 악력 테스트, 민첩성 테스트, 자전거 타고 심폐 측정 이렇게 일곱 가지 종목을 측정해서 총점 70점이 넘어야 한다. 70점이 되지 않을 경우 3개월 안에 재테스트를 받아야 하고 그 점수는 승무원 자신과 소속 팀의 고가점수에 반영된다.

수영 테스트도 마찬가지다. 25미터를 쉬지 않고 35초 안에 들어와야 한다. 이러한 과정은 입사 시험 때도 실시한다. 서류 심사, 1차 면접, 2차 임원 면접 및 영어 인터뷰 등을 모두 합격한 후 최종적으로 체력 테스트와 수영 테스트를 하게 된다. 모든 과정을 어렵게 통과했는데 마지막 관문에서 아깝게 고배를 마시는 친구들도 종종 있다.

이러한 과정이 반드시 거쳐야 할 중요한 관문이 될 수밖에 없는 이유

★ 장시간 비행에서 오는 비행 여독과 시차에 의한 피로감. 시차증, 시차병이라고 말하기도 한다.

는 그것이 승객의 안전과 직접적인 연관이 있기 때문이다. 즉, 항공기가 비상시에 착륙하거나 착수*하는 상황에 대비하는 것이다. 승무원이 승객에게 질 좋은 서비스를 하는 것도 중요하지만 목적지까지 안전하게 모시는 것이 최우선이다.

네 번째는 커뮤니케이션 스피치 능력이다. 승무원은 다국적 승객을 상대해야 하기 때문에 그때그때의 상황에 따라 센스 있고 민첩하게 행동해야 한다. 그래서 면접이라는 과정을 통해 적절한 인재를 뽑게 되는데 여기서 판단하는 것이 어떻게 말하고 행동하는가 하는 것이다. 그 사람의 표정과 스피치를 통해서 일상적인 모습이나 자세를 알 수 있다. 더 나아가 역할극Role Play이나 곤란한 케이스를 설정해서 응대하는 방법을 예의 주시하기도 한다. 가령 화장실에서 담배를 피우는 승객에 대한 대처법, 사적으로 접근하는 남자 승객에 대한 응대법 등 그 대처 요령을 지켜본다. 그렇기 때문에 자신의 의사와 의지를 표명하는 올바른 커뮤니케이션 스피치 능력은 중요하다. 면접에서 자신의 장점을 부각하고 의견을 당당하게 표명할 수 있도록 스피치 연습을 많이 해야 한다. 아무리 호감도가 좋고 영어 실력이 뛰어나고 신체 조건이 적합해도, 상황 대처 능력이 없고 꿰다 놓은 보릿자루 같은 사람은 수많은 경쟁에서 선택받기 힘들다.

마지막으로 성적과 스펙 관리를 들 수 있겠다. 인사 담당자는 대학 성적과 인턴십 경력, 봉사 활동, 영어 성적표, 각종 아르바이트 경력 등 스펙 관리가 우수한 사람을 성실하다고 판단한다. 자기 관리가 가능하고, 계획과 목표가 투철한 사람이라고 긍정적으로 보게 되는 것이다. 면접에서 동일한 점수를 받았는데 한 명을 선택해야 한다면 어느 인사 담당자나 마찬가지로 성적이나 스펙 관리가 잘된 사람을 선택할 것이다.

서류 심사에 필요한 이력서와 자기소개서의 작성법도 연구하고 준비해야 한다. 서류 전형에서 당락을 결정하게 되는데, 관심을 끌 만한 내용인가 그리고 성의 있는 준비를 했는가의 여부를 주의 깊게 관찰하게 된다. 자신이 표현하려는 주요 내용을 소제목으로 설정해놓고 나머지 내용을 부가 설명하는 형식이 눈에 들어오기 마련이다.

승무원은 특정 부분만 잘하거나 특별하다고 되는 것이 아니다. 승무원이 갖추어야 할 자질을 골고루 다지고 어느 정도의 수준까지 만들어야 한다. 꿈을 향해 달려갈 수 있고, 도전할 수 있는 용기가 있다면 빨리 계획하고 실행에 옮겨야 한다. 반복되는 과정 속에서 밤안개 같이 미래가 불확실해 보이지만 그래도 하나씩 실행에 옮기는 사람만이 그 꿈을 이룰 수 있을 것이다.

하늘이 내린 스튜어디스의 신체 조건이란?

국내 항공사에서 요구하는 스튜어디스의 신체 조건은 신장 162센티미터 이상, 교정시력 1.0 이상이다. 요즘에는 키 큰 승무원들이 많지만 내가 입사한 무렵에는 160센티미터 혹은 158센티미터까지 되는 키 작은 선배들도 있었다. 일반 사회에서는 작지 않은 키이지만 승무원 사이에서는 땅콩이라고 부르기도 했다. 우스갯소리지만, 그 선배들을 두고 입사할 때 신체검사에서 발뒤꿈치 아래나 머리 위에 지우개를 넣었다거나 동전을 붙여서 통과했다는 풍문이 들리기도 했다.

키의 조건을 명시하는 이유는 외적인 기준 때문이 아니다. 승객들의 짐을 보관하는 오버헤드빈Over-head bin＊이 머리 위 높이 위치해 있어 짐을 넣고 오버헤드빈 문을 닫을 수 있는 최소한의 키가 162센티미터이기 때문이다. 내 자신도 168센티미터의 키지만, 간혹 신형 오버헤드빈의 맨 처음과 맨 끝 칸은 까치발을 해야 간신히 닫을 수 있다.

승무원 사회에서는 168센티미터의 키는 보통 키에 해당하고 170센티미터는 넘어야 큰 축에 들어간다. 매년 신입 승무원이 들어올 때마다 느꼈던 것은 그들의 키가 점점 커지고 있다는 것이다. 유전적인 영향도 있겠지만 식습관의 변화 때문인지 얼굴은 작고 다리는 길다. 하지만 키가 크다고 해서 다 좋은 것은 아니다. 오히려 키가 너무 크면 승무원으로 뽑히기 힘들다. 앉아 있는 승객에게 서비스할 때, 키가 너무 큰 사람은 손님에게 위압감을 주기 때문이다. 지금껏 내가 본 중에 가장 키가 컸던 후배는 175센티미터였다. 하지만 그 후배의 경우, 키와 몸무게가 적절한 균형을 이루었고 외적 호감도도 좋았기 때문에 특별히 뽑힌 것 같았다. 실제 175센티미터의 키는 부담감을 줄 수도 있다. 나이가 있고 보수적인 임원들의 눈에는 거구로 보일 수 있기 때문이다.

아마도 스튜어디스를 꿈꾸는 학생들은 키가 작아 고민인 경우가 대다수일 것이다. 만약 국내 항공사 기준인

＊승객의 짐을 보관하는 항공기 선반

162센티미터에 못 미친다면 외국 항공사에 도전해보는 것도 좋다. 외국 항공사에서는 키 158센티미터 이상에 암 리치Arm Reach* 212센티미터를 넘어야 하는 기준을 제시하므로 도전해볼 수 있다. 단, 영어 소통이 완벽해야 한다.

오버헤드빈을 닫는 문제도 있지만 국내 여러 항공사들의 유니폼이 서구화되어가다보니 아무래도 어느 정도 키가 커야 유니폼을 입은 모습이 적절하고 보기 좋은 점도 있다.

키와 함께 적정한 체중 유지도 필수다. 즉, 너무 말라도 너무 비만이어도 안 된다. 몸매가 드러나는 유니폼도 있으므로 신체 밸런스를 잘 이루어야 한다. 특정한 부분에 집중적으로 살이 찐 사람은 관리를 해서 빼야 한다. 또한, 비행 업무가 쉬운 일이 아니기 때문에 너무 마른 사람은 병약한 이미지를 줄 수 있으므로 면접 시에 불리할 수 있다.

그 외에 세부적인 부분들, 즉 팔과 다리에 보기 흉한 흉터가 있으면 감점 요인이 된다. 늘 미소를 짓기 때문에 치아도 중요하다. 덧니 때문에 고민하는 지원자들이 많지만 보기 싫지 않은 정도라면 큰 문제는 없다. 승무원은 치아 교정을 원칙적으로 허용하지 않으므로 면접을 볼 때에는 보이지 않도록 치아 내부로 교정기를 착용하도록 한다.

* 까치발로 서서 손을 뻗었을 때의 신체의 총 길이. 아시아나의 경우, 2008년 하반기부터 키 제한을 폐지하고 암 리치를 적용하고 있다.

면접에서는 흰색 반팔 블라우스와 무릎이 살짝 드러나는 길이의 스커트를 입는다. 이때 무릎은 벌리지 않고 꼭 붙여야 보기 좋다. 국내 항공사는

국외 항공사보다 다리 모양을 중요히게 생각하기 때문에 O형 다리는 좋아하지 않는다. 다리가 휘었거나 보기 싫을 정도로 근육이 보인다면 일단 불리하다. 하지만 평소에 치마를 입고 서 있는 자세를 연습한다면 약간의 결점은 커버할 수 있다.

신체 조건은 불가항력적인 부분도 있지만 교정 가능한 부분은 본인의 의지를 굳건히 해서 열심히 노력하면 변화할 수 있다. 또한, 부족한 부분은 내적인 실력을 쌓아서 더 강력한 강점을 만들도록 해야겠다.

스튜어디스에게 필요한 마인드는 무엇일까?

스튜어디스는 다른 서비스 업종과 마찬가지로 타인을 돌본다는 봉사 정신이 없으면 오랫동안 유지하기 쉽지 않다. 서비스 업종은 서비스 마인드를 키워야 하기 때문에 교육을 할 때 마음을 움직이는 감성 서비스를 강조한다. 서비스 마인드란 고객의 마음을 움직이기 위한 다양한 몸짓과 생각이라고 할 수 있겠다.

마음에서 마음으로 전해지는 보이지 않는 승객 서비스는 외부적으로 평가할 수 없는 서비스의 중심이다. 장시간 밀폐된 기내에서는 물질적 제약이 많으므로 서비스 제공자의 마음을 다한 서비스는 승객에게 감동을 준다. 그러므로 마인드 컨트롤 없이는 일하기 어렵다.

마인드 컨트롤은 서비스를 수행하는 데 있어 자신이 가지고 있는 혹은 개념적으로 배운 서비스 가치관을 완전하게 이행하기 위해 필요하다. 가령 서비스를 할 때 일관성이 없거나 요령을 피우는 경우가 있는데, 이것은 서비스에 대한 가치관이 불명확하기 때문이다. 언제나 일관성이 있으며 마음을 읽으려고 노력하는 것이 서비스 가치관이다. 이것은 꼭 지키겠다고 세운 가치관이기 때문에 언제나 투철해야 한다. 쉽게 말해서 '나는 어떠한 경우라도 고객들 앞에서 얼굴에 미소를 잃지 않겠다'라는 마음가짐은 작지만 가장 기본적인 서비스 마인드이자 서비스 가치관이 될 것이다.

스튜어디스와 같은 서비스 업종에 도전하는 사람은 서비스 마인드를 키워야 한다. 이것은 봉사하는 것을 당연하게 생각하고 더 나아가 기뻐할 만큼이 되어야 이상적이다. 내가 조금은 힘들어도 남을 도와주고 베풀고 나를 희생하는 마음가짐이 서비스 마인드다.

승무원이 된 지 얼마 지나지 않았을 무렵, 인도 뭄바이로 비행을 간 적이 있었다. 승무원 호출 버튼인 콜 버튼이 들어와서 가보았더니 인도인 부부 승객 중 부인의 호출이었다.

"May I help you?"

그러자 부인은 자신의 발밑에 떨어진 헤드폰을 주워달라고 요구했다. 순간적으로 황당했지만 웃으며 집어주었다. 인도에는 법적으로는 이미 폐지되었지만 관습적으로는 아직 카스트 제도의 잔재가 남아 있다. 아마도 이 부부는 높은 계급의 신분이었나 보다.

진정한 프로 의식을 지닌 서비스맨이라면 어떠한 상황에서도 웃는 얼굴과 좋은 마음으로 서비스에 임할 수 있어야 한다. 남을 위해 봉사하고 헌신하는 마음이야말로 서비스 업종의 필수 사항이기 때문에 마인드 설정이 필요하다. 자신을 희생하더라도 타인이 즐거워하고 기뻐하는 것에 보람을 느끼고 행복해하는 사람은 서비스맨으로서 훌륭한 마인드를 지닌 사람이다. 고객의 마음을 움직이기 위한 서비스 마인드는 입사한 후에도 여러 교육을 통해 배워나간다. 하지만 쉽게 키울 수 있는 것이 아니기 때문에 자원봉사 등 각종 봉사 활동을 하면서 키워나가는 것도 방법일 수 있다.

스튜어디스의 업무량은 얼마나 될까?

승무원은 다른 직업과는 달리 업무의 시작과 끝이 일정하지 않다. 공휴일, 일요일이라고 해서 항상 쉬는 것이 아니며 평일이라고 늘 업무가 있는 것도 아니다. 근무 시간이 규칙적이지 않기 때문에 시간 활용이 계획적이지 않으면 금세 세월이 흘러간다.

승무원은 개인별로 제공되는 한 달 스케줄에 따라 근무한다(대부분의 항공사는 하나의 팀을 이루어 6개월에서 길게는 1년 정도 함께 비행을 한다). 항공사마다 취항 노선, 비행 횟수, 비행시간이 다르기 때문에 개인 스케줄도 항공사마다 다르며, 항공사에 따라 같은 직급의 승무원끼리 비행 스케줄을 서로 바꿀 수도 있다(이를 스왑Swap이라고 한다).

승무원은 한 달에 얼마나 일하고 얼마나 쉴까? 승무원의 비행시간은 평균적 60~100시간이며, 성수기와 휴가철에는 100시간을 넘어서기도 한다. 가령 로스앤젤레스 비행의 경우 시간으로 따진다면 10~12시간 정도이고 왕복을 하면 22시간 정도라고 보면 된다. 시차 극복 문제 때문에 승무원은 연달아 장거리 비행을 하지 않고 중간 중간 단거리와 중거리 비행에 들어간다. 보통 인간이 시차를 해소하고 정상 리듬으로 돌아오는 데는 3~4일이 걸린다고 한다. 피로가 누적되지 않고 생체리듬을 깨뜨리지 않기 위한 최소한의 배려인 것이다.

그렇다면 승무원은 한 달 동안 얼마나 쉴 수 있을까? 승무원은 한 달에 7~8일의 데이오프Day-Off, 즉 휴무가 보장되어 있다. 한 달 스케줄을 받았는데 보장된 데이오프가 8일이 나오지 않았을 경우 편조팀*에 전화하면 데이오프로 전환해준다. 그만큼 승무원에게 있어 휴식은 안전과 서비스에 지대한 영향을 미친다는 의미다. 어느 달은 스케줄에 따라 보장된 데이오프보다 더 많이 쉴 수도 있고 이렇듯 쉬는 날은 일정하지 않다. 그렇기 때문에 모임이나 약속을 지키기 어렵고 남들이 모두 쉬는 명절 같은 때는 더 바쁘니 시간 활용이 어렵다. 하지만 반대로 생각하면 이보다 더 탁월한 직업이 있을까? 그 와중에도 의지만 있으면 할 건 다 할 수 있다. 못할 것이 없다. 아니 잘 활용하기만 하면 오히려 시간이 더 많을 수도 있다.

연차도 매년 지급되며 이는 근무 연수에 따라 하루씩 늘어나고, 임신을 했을 경우 출산 및 육아 휴가가 18개월 주어진다. 대한항공과 캐세이퍼시픽항공의 경우는 21일간의 연차 휴가가 있으며, 13개월 이상을 근무한 승무원의 연차 휴가는 35일이다.

또한, 승무원은 비교적 높은 보수를 받으면서 외국 여행의 기회를 쉽게

★승무원의 스케줄을 배정하고 운영하는 곳. 승무원은 매달 편조팀에서 비행시간과 대기, 편승, 휴무가 포함된 스케줄을 받는다. 결원이 발생했을 때 편조팀은 대기자에게 새로운 스케줄을 부여한다.

얻을 수 있다. 게다가 현지에서는 2~3일간의 자유 시간이 있기 때문에 충분히 여행을 즐길 수 있다. 한 달 동안 뉴욕, 일본, 방콕, 프랑스, 두바이 등 세계 곳곳에 갈 수 있다.

또한, 승무원이 자사의 비행기를 이용할 경우 할인 혜택이 주어지는데 국내선을 본인이 이용하면 언제나 50퍼센트 할인을 받을 수 있고, 국제선은 본인과 부모, 배우자가 75퍼센트에서 많게는 90퍼센트까지도 연중 할인 혜택을 받을 수 있다. 이것이 다가 아니다. 승무원에게는 1년에 한 번 프리티켓Free Ticket이 제공된다. 또한, 승무원을 그만둔 후에도 근무 연수의 절반의 기간 동안에는 1년에 8회까지 비행기 표가 할인되어 금액의 10퍼센트만 지불하면 된다.

이렇듯 높은 보수와 직업적 장점 때문에 스튜어디스라는 직업을 좋아할 수밖에 없는 것 같다. 노동량이 많고 힘든 편이지만 그 외의 많은 매력 때문에 감수할 수 있다고나 할까?

승무원은 브릿지(연결 통로)를 이용
해 곧바로 비행기 안으로 들어가거
나 주기장이 멀리 떨어져 있는 비행
기의 경우에는 스텝(Step, 계단)을
이용해 탑승한다.

스튜어디스에게도
직업병이 있을까?

어떤 직업에서든 일을 지속적으로 하다보면 직업병이 발생하기 마련이다. 비행 생활은 밤을 자주 새우고 시차가 있는 여러 나라에 머무르기 때문에 지속적으로 생체리듬을 깨뜨리기 일쑤다. 생체리듬이 깨지는 횟수가 잦으면 체내 면역력이 약해져 감기나 알레르기 등 여러 질병에 노출되기 쉽다. 게다가 스케줄에 따라 더운 나라를 다녀와 이틀을 쉰 후 추운 나라를 비행하는 식으로 기온차가 큰 나라를 왔다 갔다 하기 때문에 체내 적응 문제가 뒤따른다.

그래서 승무원들은 개인용 감기약과 비상약을 늘 가지고 다닌다. 그리고 전 세계의 유명하고 좋은 약들을 수집한다. 비행 중에 병이 나면 본인만 힘든 것이 아니라 함께 일하는 동료 승무원들에게도 피해를 주기 때문이다.

나도 비행한 지 2년이 넘었을 무렵 밴쿠버로 비행을 갔다가 심한 감기에 걸려 몸져누운 적이 있었다. 머리가 너무 아파 고개를 들 수 없었고 화장실조차 가기 힘들었다. 옆에 보살펴주는 사람 하나 없고, 외국이어서 병원에도 가기 힘들었다. 어찌나 서럽고 눈물이 계속 나던지, 타지에서 아파보지 않은 사람은 그 설움을 말할 수 없을 것이다. 함께 비행한 동료 승무원이 약을 사다주어 먹었지만, 외국에서 처음 먹는 약이 너무 독해 속은 쓰리고 잠에 취해 어지럽기만 해서 고생했던 기억이 난다. 돌아오는 비행에서도 제대로 일하기 힘들어 팀장님이 벙크Bunk* 에서 쉬라고 했지만 담당 구역이 비면 나머지 승무원들이 두 배로 뛰어다녀야 한다는 생각에 마음

* 승무원의 휴식 장소. 장거리 비행 중에 승무원들은 비행기 뒷부분에 위치한 벙크에서 교대로 쉰다. 벙크 안에는 2층 간이침대와 비상장비가 준비되어 있다.

편히 쉴 수 없었다.

지상에 비해 기압이 낮은 상공에서는 압력을 조절하는 여압 장치가 있지만 산소 부족으로 정신이 멍해질 수 있다. 그 때문인지 갤리에 물건을 가지러 왔다가 기억이 나지 않아 그냥 돌아가기도 하고, 장시간 비행을 하면 피부와 두피의 모공이 확장되어 머리카락이 잘 빠지기도 해서 승무원들은 스물네 시간이 지난 후에 머리를 감기도 한다. 이렇게 기압이 낮은 공중에서 일해야 하기 때문에 컨디션이 좋지 않으면 바로 병으로 이어지기 십상이다.

감기 기운이 있을 때는 초기에 잡아야 한다. 나만의 비법이 있다면, 벌집에서 추출한 천연 항생제인 프로폴리스 약을 미리 먹거나 프로폴리스 용액으로 입을 헹궜다. 유럽과 같이 난방 시설이 미흡한 호텔에 머물 때면 몸을 따뜻하게 하기 위해 핫팩을 가지고 다녔고, 양말을 신고 손수건으로 목을 감싼 후 마스크를 쓴 채 잠을 자는 등 여러 방법을 써가며 감기에 대비했다.

불규칙한 식사 역시 건강을 해치는 요인이다. 승무원은 위장병에 걸리기 쉽다. 식사할 때의 스튜어디스들은 실로 여자 강호동이라고 부를 만큼 대식가들이다. 아침부터 삼겹살에 등심, 차돌박이, 주물럭을 몇 인분씩 해치운다. 그 나라에서는 저녁식사 시간이지만 한국 시간으로는 이른 아침인 경우가 있다. 우리끼리 "새벽에 이렇게 고기를 왕창 먹는 사람은 승무원밖에 없을 거야" 하면서 주린 배를 채운다. 새벽에 도착해서 바로 쓰러져 자느라고 놓친 아침, 점심, 저녁을 한번에 몰아 먹는 것이다. 더군다나 힘들게 장거리를 날아왔기 때문에 몸에서는 에너지가 필요한지 고기를 계속 부른다.

어느 때는 이른 오후에 도착해서 호텔에 들어가 쓰러져 자다가 잠을 깨면 새벽 시간이다. 그러면 아침식사 시간까지 고픈 배를 움켜잡고 있어야 한다. 그 때문에 속병 나기 십상이고 자연히 변비에 시달리는 승무원들도 꽤 많다. 임시방편으로 승무원들은 선식, 일회용 수프, 컵라면, 햇반, 김 같은 간단한 비상식량을 가지고 다니기도 한다. 하지만 음식물의 반입을 허가하지 않는 공항도 있기 때문에 그조차도 챙겨 가지 못할 때도 있다.

기내 객실 근무 특성상 승무원은 부상이 잦다. 신입 승무원 시절, 비행을 다녀와 샤워를 할 때 이상하게 몸 이곳저곳에 시퍼렇게 멍이 들어 있기도 했다. 흔들리는 공간에서 균형을 잡으며 업무를 수행하지만, 바쁘고 정신없이 일하다가 여기서 꽝, 저기서 꽝, 부딪혀 생긴 멍 자국이다. 그래도 이 정도는 애교에 가깝다. 운항 중에는 기체 동요Turbulence*가 자주 발생하는데, 이때 승무원들이 가장 많이 부상을 입는다. 예를 들면, 맑은 날씨에 항공기가 예고 없이 순간적으로 900미터 하강해서 몸이 공중에 붕 뜨는 경우가 있다. 이럴 때 착지를 잘못해서 다치는 경우가 간혹 발생한다. 그리고 난기류를 통과할 때도 허리나 목 등을 다칠 수도 있다.

승무원은 음료, 술, 기내 면세품을 실은 무거운 카트를 운반하면서 서비스를 하기 때문에 허리 디스크를 얻기도 한다. 특히, 승객들의 무거운 짐을 선반에 올릴 때 허리를 삐끗하는 경우가 많다. 어리고 가냘픈 승무원들이 무거운 짐을 올렸다 내리고 무거운 카트를 끌고 돌리기를 반복하다가 어깨

* 기류 변화에 의한 기체 동요 현상. 기상에 따른 예측 가능한 난기류(Turbulence)와 맑은 하늘에서 갑자기 만나는 CAT(Clear Air Turbulence)가 있다.

와 목, 허리를 다친다. 그래서 승무원은 혼자서 짐을 들어올리기보다는 승객을 도우면서 함께 짐을 올리고 무거운 짐도 행동 요령을 지키며 옮기도록 교육받는다. 그리고 자주 스트레칭을 해서 부상을 방지하고 있다.

그래서일까? 승무원들은 태국이나 동남아 쪽 비행을 선호하는 편이다. 비행시간도 적당하고 음식도 맛있고 물건도 싸고…… 하지만 무엇보다도 저렴한 비용에 최고의 대접을 받으며 마사지를 받을 수 있기 때문이다. 바닷가 풍경을 병풍 삼아 최고의 스파 테라피를 받으면서 틈틈이 뭉친 근육을 풀어주는 것이다.

하지만 이러한 직업병은 대부분 본인의 부주의에서 발생하는 것이기 때문에 행동 요령을 잘 익히면 정년퇴직할 때까지 건강하게 비행할 수 있다. 더불어 스스로 체력 관리에 최대한 노력을 아끼지 않아야 한다. 스튜어디스의 경우 타 직종 종사자들에 비해 기내라는 특수한 공간에 서서 일하기 때문에 고강도 체력이 요구된다. 승무원의 체력 관리가 곧 안전한 항공기 운항과 완벽한 서비스 제공에 직접적인 영향을 끼치기 때문에 경력이 오래된 승무원일수록 다양한 방법으로 자기 관리에 최선을 다한다. 나 역시 비행하면서 건강관리에 꽤 신경을 썼다. 주기적으로 보약을 먹고 매일 영양제를 챙겨 먹었다. 운동은 신체 면역력을 길러주고 기초 체력을 강화해주기 때문에 헬스클럽을 다니기도 하고 댄스나 에어로빅을 하기도 했다. 승무원이 체류하는 호텔은 특급 호텔이기 때문에 최고의 시설과 멋진 전경이 펼쳐진 헬스클럽에서 무료로 운동할 수 있다.

건강을 잃으면 모든 것을 잃는다고 했던가? 기초 체력이 없으면 오랫동안 근무하기 힘들다. 승무원의 비행 생활은 체력전이다.

승무원의 진급은 승무원의 근태 상황, 어학

능력, 방송 능력, 고객의 평가, 회사 기여도

등 다양한 부분에서 평가한다. 스튜어디스, 스튜어드가 동일한 조건에서 평

가받고 특별한 차별은 없지만, 스튜어디스에 비해 스튜어드의 수가 상대적

으로 적기 때문에 스튜어드가 팀장 평가에서 좀 더 좋은 점수를 받기 쉽다.

같이 입사했다 해도 스튜어드는 군대에 복무해서 스튜어디스보다 나이가 많

고, 군대 경험으로 사회 적응이 빠르기 때문에 갓 대학을 나온 스튜어디스에

비해 진급이 빠른 편이다.

승무원의 직급은 신입 승무원, 승무원Stewardess, 부사무장Assistant Purser,

사무장Purser, 선임 사무장Senior Purser, 수석 사무장Chief Purser의 순으로 이루

어져 있다. 부사무장은 일반 회사의 대리급이고, 사무장은 과장급, 선임 사

무장은 차장급, 수석 사무장은 부장급으로 매겨진다. 처음에 입사하면 수습

기간을 거쳐서 신입 승무원이 되고 팀 안에서 막내로서 많은 사랑을 받게

된다. 물론 어느 사회나 그렇듯이 본인이 센스 있게 잘해야 하지만……

진급은 사실상 쉬운 일은 아니다. 승무원 간의 경쟁이 심해져서 점점 어

려워지고 있다. 기본적인 자격 취득인 자기 관리 부분도 중요하기 때문에

공부해서 영어 및 제2외국어, 기내방송자격을 높이려고 노력한다. 또한, 진

급 시험을 위해 고3 수험생처럼 공부하기도 한다.

업무 중 상해를 입어 비행을 못하는 산재와 공상公傷 및 병가가 잦은 사람

역시 건강 관리가 부족하다고 보기 때문에 진급에 좋지 않은 영향을 미친

다. 자신이 소속된 팀장의 평가도 중요하다. 함께 일하면서 업무 수행 능력,

고객 응대 능력, 상황 대처 능력, 성실성 및 책임감 등 다각도로 부하 승무원

★ 승무원 직급표 ★

수습 · 신입 승무원	입사 후 교육 기간 중인 수습 승무원을 OJT(On The Job Trainee)라고 부르기도 한다. 수습 승무원이 끝난 후에는 신입 승무원이라고 부른다.
승무원	신입이 끝난 일반 승무원을 통칭하는 말. 세분화해서 주니어 승무원을 SS라고 하고, 위 직급인 시니어 승무원, 즉 선임 승무원을 SN(Senior, SN)이라고 지칭했지만, 지금은 승무원으로 통일하고 있다.
부사무장	전문대학 졸업자는 입사 후 5년 이상, 4년제 대학 졸업자는 3년 이상이면 자격 심사를 통해 AP가 될 수 있다. 부사무장 이상부터는 해당 직급에 맞는 기본적인 기내방송자격과 영어자격이 있어야 진급할 수 있다.
사무장	AP가 되고 나서 3년이 되면 사무장에 합당한 모든 자격 심사 후 진급된다. 또한, 진급에 필요한 업무 지식 테스트 과정이 있다. 사무장은 기내의 모든 사항을 지휘 감독하는 승무원의 관리자다.
선임 사무장	사무장이 되고 4년이 지나면 해당 직급에 필요한 영어자격 및 기타 업적 평가 그리고 팀장 능력 평가 등의 자격 심사 후 선임 사무장(SP)이 될 수 있다.
수석 사무장	선임 사무장이 되고 4년이 지나면 승무원 최고의 직급인 수석 사무장(CP)의 자격 심사 대상이 된다.

을 평가하기 때문이다. 승객에게서 받은 칭송 편지도 진급에 도움이 된다. 그 외에도 팀워크를 보면서 조직에서 윤활유 같은 역할을 하는 사람이 사회 생활도 잘하고 고객 응대도 잘한다고 판단한다.

이렇게 까다로운 진급 심사에 대부분의 승무원은 몇 번의 고배를 마신다. 한 번에 쉽게 진급하는 사람도 있지만 각자 능력에 따라 천차만별이다. 진급에 대비해 얼마나 열심히 했고, 평상시 맡은 바 업무에 책임감 있게 능력을 발휘했는가, 자격시험을 미리미리 준비했는가 하는 문제가 관건이다.

어학 능력은 항공사를 입사할 때도 목숨처럼 중요한 것이지만 비행 생활과 진급에도 지대한 영향을 미치기 때문에 승무원에게는 동맥과 같다. 그렇기 때문에 처음 공부할 때 충분히 실력을 쌓고 좋은 어학 점수를 따서 입사하면 이만저만 유리한 것이 아님을 명심하자.

정년 후에는
어떤 일을 할 수 있을까?

승무원은 많은 교육과 경험을 통해 글로벌 매너와 에티켓, 여러 나라의 문화와 풍습, 고객 응대 및 고객 만족 서비스, 외국어 구사 능력까지 몸에 익혀왔다. 그 때문에 퇴직 이후에도 매너 강사, CS 강사, 외국인 기업, 병원과 호텔, 여행사, 외식업 등 각종 서비스업까지 다양한 직업의 길이 열려 있다. 또한, 어떤 직종이든 예쁘고 친절하고 세련된 이미지가 강한 스튜어디스 경력에 호감을 보이기 때문에 다양한 분야에서 선호하고 인정받는 편이다.

전직 스튜어디스들이 가장 많이 진출했고 또한, 선호하는 퇴사 후 재취업 직종으로는, 프리랜서로 일할 수 있는 이미지 컨설턴트나 CS 서비스 강사, 승무원 양성 학원 강사가 있다. 고객 응대 및 고객 만족에 관한 교육을 받았기 때문에 서비스 강사나 이미지를 중시하는 이 시대의 흐름에 맞게 이미지 컨설턴트 등의 인기 직종에서 활동하면서 최상의 이미지를 자연스럽게 끌어내는 안내자의 역할을 충분히 하고 있다. 서비스 강사나 매너 강사는 자신의 강의 능력과 재량에 따라 많은 강사료를 받기도 한다.

서비스 매너를 살려서 호텔 서비스를, 해외 경험을 살려서 투어 가이드나 투어 컨덕터 혹은 기업체 비서를, 어학 능력을 살려서 외국어 강사까지 자신의 개성과 장점을 살려 다양한 분야에서 재취업이 가능하다. 세계 각국의 호텔에 머무르며 최고의 서비스를 받아온 승무원들은 세련된 국제 매너와 고객을 우선하는 프로 의식을 갖추면서 타 직종에서도 최상의 서비스를 제공하고 있다. 요즘은 병원이나 기타 서비스 업종에서 매니저나 코디네이터로서 고객 관련 서비스를 도맡아 처리하면서 중심 역할을 맡고 있다. 병원에 환경적, 감성적 분위기를 조성해서 고객 서비스를 개선하고 그로 인해 병원 신뢰도가 높아지면서 자연스럽게 홍보 효과도 얻고 있다. 이제는 병원에서 없어서는 안 될 필수 전문 인력으로 각광받으면서 그 수요가 급속히 증가하고 있다.

정년퇴직을 하거나 항공사를 그만둔 승무원들이 경험을 살려 승무원 양성 학교로 전업하는 경우도 있다. 승무원에 대한 인기와 지원율이 높다보니 수도권 및 지방 대학에서 승무원을 배출하기 위한 학사 학위 과정을 신설하고 특화해나가는 실정이다. 아직 많은 수를 차지하지는 않지만, 승무원은 퇴직 이후에도 경력을 인정받고 학위 과정을 밟아가며 항공 관련 학과와 관광 관련 학과의 교수가 되는 사례가 점차 늘고 있다. 하지만 승무원이 아무리 매너와 친절을 갖추고 있더라도 다른 사람을 변화시켜야 하는 교육은 결코 쉽지 않은 일이다. 다양한 교수법을 활용하고 지식을 쌓으며 부단한 노력이 필요하다.

예뻐지는 남다른 비결,
헤어스타일과 메이크업

승무원의 메이크업과 헤어스타일은 자신을 표현하는 거울이지만 항공사의 규정에 벗어나지 않는 범위에서 세련미와 단정함을 더하는 연출이 중요하다. 외적인 아름다움을 연출하는 동시에 승객과의 대면에서 예의를 표하고 나 자신을 부각시켜 아름다움을 창조할 수 있는 것이 승무원의 메이크업과 헤어스타일이라고 할 수 있다.

헤어스타일

스튜어디스는 쇼트커트형, 단발머리형, 긴 머리형 중 유니폼이나 자신의 스타일에 어울리는 것을 선택할 수 있다. 어떠한 스타일이라도 일단 단정하고 깨끗해야 하므로 드라이어와 스타일링 기구로 깔끔하게 손질해야 한다. 손질하지 않아 웨이브가 살아 있는 파마머리, 지나친 염색, 탈색, 변색 그리고 가발의 사용은 금지되어 있다. 또한, 스프레이나 젤을 지나치게 사용해서 머리카락이 젖은 것처럼 보이는 것도 삼간다.

쇼트커트형은 세련되고 깔끔한 이미지를 줄 수 있어 유니폼에 잘 어울리는 스타일이다. 하지만 너무 짧고 패셔너블한 스타일은 강렬한 인상을 줄 수 있기 때문에 지양하는 것이 좋다. 앞머리는 눈을 가리지 않도록 하고 지나치게 짧은 헤어스타일은 금지한다.

단발머리형은 머리카락이 너무 앞으로 흘러내리지 않도록 해야 하고 머리 길이가 어깨선을 넘지 않아야 한다. 앞머리는 눈을 가리지 않고 뒷머리는 가지런히 정돈되어야 한다. 옆머리나 앞머리는 지나치게 흘러내리지 않게 스프레이 등으로 자연스럽게 붙여서 연출한다. 헤어밴드는 정 단발에 착용하며 흘러내리지 않고 고정이 되어 귀여운 이미지를 준다.

긴 머리형(묶는 형)은 자신에게 어울리는 스타일로 묶고 되도록 핀을 사용해 깔끔하게 유지한다. 묶어 늘어진 부분의 길이는 15센티미터로 하고 밖으로 뻗치지 않도록 정돈한다. 그리고 양쪽으로 나누어 묶는 스타일은 하지 않는다. 묶을 때에는 반드시 규정 액세서리를 사용한다.

긴 머리형(고정형)은 망에 넣어 적당한 크기를 유
지한 후 그물망이 움직이지 않도록 실핀으로 고
정한다. 되도록 실핀이 보이지 않게 한다. 짧은 머
리를 묶어 잔머리가 나오지 않도록 충분히 길러
고정형 스타일을 한다. 머리 길이가 어중간할 경
우 가채를 이용해서 길이를 조정한다. 머리를 묶

을 때는 먼저 단단한 검은색 고무줄로 잘 묶은 후 망핀을 사용한다.
발레리나처럼 업스타일로 하면 깔끔하며 이때에는 미세망을 이용해
최대한 단정한 이미지를 연출한다. 미세망을 사용할 때는 망의 모양
이 너무 작거나 크지 않게 하고 도넛처럼 동그랗게 말아 예쁘게 연출
한다. 머리핀은 짙은 색(검은색, 감색, 밤색)만 허용되고 장식이 없는 것
을 사용한다. 또한, 목 뒤와 얼굴 옆으로 잔머리가 나오지 않도록 스
프레이나 젤로 깔끔하게 마무리한다.

메이크업

장시간 환하고 깨끗한 피부를 유지하기 위해서는 메이크업은 중요하다.
때때로 승객들이 어떻게 화장이 지워지지도 뜨지도 않고 그대로냐고 묻기
도 한다. 사실은 굉장한 노력을 들이며 바르고 또 바르는데……. 비행기 환
경은 피부에 좋은 조건이 아니다. 비행기 안은 언제나 건조하고 먼지가 빠
져나갈 곳이 없어 공기가 좋지 않다. 산소도 부족하고 더군다나 밤까지 새
우는 일이다. 그러니 당연히 피부가 쉽게 거칠어진다. 그렇기 때문에 승무
원들은 피부에 민감하고 화장품에 욕심이 많은 편이다. 어떤 제품이 좋다고

하면 다들 경쟁적으로 사서 사용한다.

입사 후 교육에서 승무원의 메이크업에 대해 교육받기는 하지만 평소의 연습과 관리가 꼭 필요하다. 전체적으로 화장이 진하거나 어두워서는 안 되고, 유니폼과 어울리는 자연스럽고 밝은 분위기의 화장이어야 한다. 세부적으로 기초화장법, 눈 화장법, 입술 화장법, 볼터치로 나누어 살펴보겠다.

기초화장은 집을 지을 때 기초공사처럼 중요한 것이다. 먼저 자신의 피부톤을 살펴볼 필요가 있다. 너무 노랗거나 창백한 피부는 아파 보이므로 한 톤 낮은 파운데이션을 사용하고, 약간 붉은 피부는 그린 색이나 노란색 베이스를 바르고 파우더도 노란 톤을 발라서 붉은 기를 커버한다. 요즘은 선탠을 지나치게 하는 사람은 없겠지만 스튜어디스에게는 선탠 역시 허용되지 않는다. 기내가 어두운 편이기 때문에 우유 빛깔 피부처럼 환하고 깨끗한 화장을 권장한다. 잡티나 여드름은 되도록 눈에 띄지 않게 충분히 가려준다. 목과 얼굴색이 선명하게 차이가 나는 경우는 보기에 좋지 않으므로 목 화장에도 신경을 쓴다. 지성 피부는 지저분해 보일 수 있으니 얼굴이 번들거리지 않도록 해야 한다.

또한, 승무원들은 오랜 시간 동안 화장을 하고 있기 때문에 비행을 나가서도 시트 팩 같은 각종 팩을 활용하거나 농축 에센스나 앰플을 이용해 스스로 피부 관리를 하고 있다. 밝고 건강한 피부를 보여주는 것도 외모 관리에 있어서 중요하기 때문이다.

눈 화장의 경우, 승무원은 다양한 연령층을 만나고 얼굴을 마주하며 서비스를 하기 때문에 늘 시선이 집중되는 편이다. 따라서 회사에서는 너무 진하거나 요란하지 않은 메이크업을 지시한다. 승무원의 유니폼에 어울리는 우아하고 단정하며 약간은 보수적인 스타일을 추구한다.

자신의 눈 형태에 맞는 아이 메이크업으로 각자의 개성과 장점을 살리는 것이 중요하다. 눈썹은 자연스럽고 깨끗하게 처리하며 양 미간이 너무 가깝거나 치켜 올라가지 않게, 투박하거나 지저분하지 않게, 너무 얇거나 길지 않게 혹은 강해 보이지 않게 그려야 한다. 또한, 마스카라와 아이라이너도 자연스럽게 그린다.

아이새도 색은 핑크, 오렌지, 그린, 라이트블루, 퍼플, 실버 등의 다양한 색으로 자연스럽게 연출한다. 펄이 많이 들어간 제품은 포인트를 주거나 피부 커버에만 살짝 사용할 뿐 과다하게 사용하면 안 된다. 색조 화장이 너무 진하거나 색이 지나쳐서 어두워 보이지 않도록 한다.

자신의 장점을 살리고 단점을 커버하면서 자연스럽게 연출해야 한다. 일하다보면 화장이 자주 지워지기 때문에 간간이 메이크업을 수정해서 단정한 모습을 유지한다.

입술 화장의 경우, 기내 조명이 어둡기 때문에 밝은 계통의 색을 선택한다. 립스틱은 오렌지, 핑크 등 자연스러운 색상에 한하며 펄이 약간 섞인 립스틱 또는 동일 색 계열의 립스틱 등을 적절히 매치해 은은하고 차분하게 표현한다. 어둡거나 진한 색상인 레드, 와인색, 다크브라운, 커피색은 피하고 자칫 아파 보일 수 있는 누드 색도 피한다. 립글로스는 지나치게 반짝거리지 않도록 유의한다. 특히, 립라이너는 립스틱과 동일 색상을 선택하고 본인의 입술 라인보다 지나치게 크거나 작게 그리지 않는다. 식사 후 입술 라인이 번지지 않게 깔끔하게 마무리한다.

　볼터치의 목적은 생동감 있고 화사한 분위기를 위해 적절한 명암을 주어 생기 있는 표정을 연출하는 것이다. 피부색과 어울리는 색상을 선택하고 창백한 피부에는 핑크 톤의 화사한 느낌을 주는 것이 좋다. 어려 보이려고 너무 붉게 바르면 촌스러울 수 있으니 주의한다. 볼터치는 혈색과 매치되게 발라 입체감을 주어서 균형감 있게 하는 것이 보기 좋다. 얼굴을 작게 보이려고 진하게 발라 너무 붉게 보이지 않게 한다.

　볼터치를 가볍게 바른 후 경계선이 보이지 않도록 반드시 자신이 사용하는 파우더를 전체적으로 다시 한 번 두드리면 색조 화장이 자연스럽게 표현된다.

스튜어디스처럼
입고, 신고, 걸쳐라!

　승무원의 유니폼은 각 항공사가 추구하는 이미지와 국가 이미지 그리고 시대적 흐름을 고려해서 제작된다. 유니폼은 승무원 간의 일체감과 소속감을 갖게 해주어 업무의 효율을 높일 수 있다. 스튜어디스는 간호사에서 유래했기 때문에 과거에는 흰색 가운에 흰색 모자를 쓰는 것이 보편적인 복장이었다. 그러다가 세계대전을 거치면서 군복을 변형해 여성의 맵시를 살린 제복을 입는 것이 한동안 유행했다. 현재는 각 나라의 문화와 전통, 항공사의 특성을 살린

실용적인 유니폼을 입는 것이 보편적이다.

유니폼은 청결하고 구김이 없어야 하므로 지속적으로 관리해야 한다. 항공사를 대표하는 얼굴이 바로 유니폼이다. 그러므로 품위가 손상되지 않도록 유지하는 것이 중요하다.

스타킹 색상은 항공사마다 다르지만 살색, 커피색 1호가 주를 이룬다. 비행기에서 업무를 수행하다보면 스타킹의 올이 자주 나가기 때문에 여유 있게 준비할 필요가 있다. 스타킹도 유니폼에 속하는 것으로, 회사에서 지급한다.

구두는 깨끗함과 광택을 유지한다. 비행기에는 먼지가 많고 여러 오염물이 떨어져 구두가 많이 더러워진다. 굽의 높이에 따라 7센티미터의 램프화와 3~4센티미터의 기내화로 나뉘며 구두 굽의 마모 상태를 반드시 체크한다.

액세서리는 단순한 모양에 너무 화려하지 않은 것을 착용한다. 귀고리는 한 세트만 허용하며 달랑거리는 스타일은 허용하지 않는다. 반지는 두 개까지 허용하지만 장식이 없는 것으로 너비 0.8센티미터를 넘지 않아야 한다. 팔찌는 하나만 허용하며, 소재는 금으로 장식이 없는 단순한 모양의 것을 착용하며 두께는 0.5밀리미터를 넘지 않는다. 시계는 반드시 착용해야 하고, 화려하지 않은 심플한 메탈 타입이나 가죽 시계의 경우 끈은 검은색, 갈색, 감색만 허용한다.

손톱 관리는 서비스맨의 중요한 자세다. 서비스할 때 스튜어디스는 얼굴만큼이나 손을 자주 노출하기 때문이다. 항상 청결을 유지하고 언제나 매니큐어를 바르는 것이 매너다.

원색, 진한 색, 어두운 색, 네일아트는 허용하지 않고, 은은하고 자연스러운 색상인 핑크 계열, 오렌지 계열, 실버 계열, 골드 계열, 연한 바이올렛 등을 선택한다. 짧은 손톱의 경우 투명한 색상도 허용되는데 손톱 길이가 0.2밀리미터를 넘지 않아야 한다.

스튜어디스의 톱 시크릿!
승무원 교육 대공개

오랜 비행과 까다로운 주문 등 피곤하고 짜증이 날 때도 분명 있다. 하지만 밝은 표정으로 승객을 편안히 모시는 승무원의 변함없는 친절 응대에 비결이 있다면 체계적이고 철저한 교육 과정을 받는다는 것이다. 승무원은 2~3개월에 걸친 입사 준비 기간과 함께 무려 14주 동안 기본 교육과 전문 교육을 받는다.

각 항공사는 객실 훈련원에서 탁월한 교육 강사를 배출해 그들을 중심으로 승무원 교육을 하고 있다. 이곳에는 기내 객실과 비상구 등을 그대로 재현해놓은 모크업Mockup★을 비롯해 비상탈출 훈련 시설과 어학 실습실 등 객실 훈련에 필요한 모든 시설을 갖추고 있다. 객실 훈련원에서는 4000여 명에 달하는 승무원들의 교육 훈련을 위해서 신입 교육은 물론 기존 승무원들

★ 실제 크기의 비행기 실내 모형. 승무원 실습 교육에 쓰인다.

모크업은 실전 서비스 실습을 할 수 있도록 기내와 동일한 환경을 갖추고 있다. 기내 음료 및 기내식 서비스 실무를 교육받는다.

에 대한 안전과 보수 교육 등을 지속적으로 관리하고 있다.

승무원을 만들어내는 곳인 객실 훈련원에서는 어떤 교육을 받을까? 승무원 교육은 예절, 자세, 표정, 음식, 어학 등을 포함해 사회생활에 필요한 멋진 현대 여성을 만드는 과정이다. 승무원 전문교육 과정은 대부분의 항공사가 매우 유사하다. 주로 인사법, 대화 기술, 고객 응대법, 에티켓 교육, 승무원의 근무 절차 교육, 외국어 교육, 기내방송 교육, 각종 안전 교육, 비상탈출 훈련, 테이블 매너, 식음료 서비스 교육, 칵테일 제조법, 체력 단련, 인공호흡 및 인명 구조 방법, 면세품 판매와 재고 관리 등 해야 할 것도 외워야 할 것도 굉장히 많다. 다양한 프로그램을 통해 승무원이 갖추어야 할 기본적인 실무 능력을 기르고, 매너와 에티켓 교육을 통해 자신감을 양성한다.

하나　대한항공의 경우, 연수원에 들어가 2박 3일간의 합숙 교육을 하면서 회사 현황과 항공 운송 업무 전반에 걸친 기초 지식을 습득하고 회사에 대한 소속감과 긍지를 갖는 기초적인 교육을 받는다.

둘　신입 승무원 초창기에는 인사 연습, 예절 교육, 스마일 연습에 특히 중점을 두고 교육한다. 마음에서 우러나오는 예절을 습관화해야 하므로 회사에 인사 연습만 하러 왔나 하는 생각이 들 만큼 교육 과정 내내 혹독하게 교육시킨다.

셋　외국어 교육, 기내방송을 위한 아나운싱 교육이 실시된다. 영어

와 일어 교육이 중점적으로 이루어지는데 주로 기내에서 많이 사용하는 표현법을 익히고, 기내 대화 문장 연습을 한다. 방송은 수백 명의 승객들 앞에서 해야 하기 때문에 상당한 연습이 필요하다. 사투리를 쓰는 사람, 목소리가 허스키하거나 거친 사람들도 계속 교정을 받아 방송 시험을 봐야 한다. 방송 시험은 여러 단계로 구성되어 있으며, 교육을 받고 연습해서 방송자격 단계를 점차 올려간다. 방송자격 취득은 단시간에 이루어지지 않고 많은 노력이 필요하기 때문에 연습하지 않으면 무자격 단계에 머물러 있기도 한다.

넷　기내 서비스의 꽃인 기내 식음료 서비스는 이론을 학습하고 실습을 통해 완전히 몸에 익혀야 충분한 서비스가 이루어진다. 음료수를 제공하는 방법과 칵테일 만드는 법, 기내식의 이해를 배운 다음 모크업 안에서 서비스 실습을 통해 대화법이나 고객 응대법을 함께 교육받는다.

다섯　이미지 메이킹 과정을 통해 적합한 화장법, 올바른 헤어스타일, 워킹법, 자세 교정을 배운다. 승무원 생활에 익숙해지면 머리하는 시간, 화장하는 시간이 점점 빨라진다. 화장품의 소비량이 많아지고 전문가 수준으로 메이크업을 하게 된다.

여섯　승무원들이 제일 어렵고 힘들어하는 과정은 안전 보안에 관한 비상탈출 훈련이다. 항공기 문을 여닫는 것부터 시작해서 비상시 승객 탈출 방법 등 사람의 목숨이 달려 있기 때문에 강도 높은 훈련을 한다. 비상착륙이나 비상착수에 따라 실제적 상황을 연출해서 신속한 탈출 훈련을 실시한다. 이때 항공기에서 사고가 나면 승무원이 승객 탈출 지시를 육성으로 크게 외치는 샤우팅Shouting을 실시해야 하는데, 소음 측정기로 100데시벨이 넘어야 합격할 수 있다. 또한, 항공기가 바다에 불시착할 경우를 재연하는 교육도 있다. 대형 수영장에서 구명조끼를 입고 대피한 후 표류하면서 구조 절차 방법까지 실시한다.

비상탈출 훈련은 수백 명의 승객을 단 몇 분 안에 탈출시켜야 하기 때문에 집중력과 순발력이 필요하다. 또한, 지속적인 훈련이 필요하기 때문에 모든 승무원들은 해마다 한 번씩 재교육을 받고 있다. 기타 화재 및 폭발물 대처 방안과 테러나 난동을 부리는 승객을 대비한 전자총Taser Gun 발포 교육까지, 발생할 수 있는 여러 상황을 교육받는다.

비상탈출 훈련은 상황에 맞게 시뮬레이션을 설정해서 실시하고, 매년 반복적으로 재교육을 받는다.

일곱 비행기 내에서 발생할 수 있는 각종 환자에 대비해 응급치료 및 인공호흡법, 의료 기기 사용법도 교육받는다. 따라서 모든 승무원은 의사들이 실시하는 심폐 소생술을 할 수 있다. 또한, 전문가에게 각종 질환에 필요한 구급약과 응급치료 방법을 배운다.

여덟 신입 승무원 전문 훈련 과정 중에는 현장에서 실습하는 2주일간의 비행 실습On the Job Training이 있다. 실제 기내 서비스 경험을 쌓는 동안 점차 업무에 적응하고 항공기 내부 구조나 장비를 익히게 된다. 비행 실습 중에 실수하는 일이 많지만 이 기간에는 모든 선배들이 양해를 해주는 편이다.

아홉 이제 팀에 배속되어 본격적인 국제선 · 국내선 비행 근무를 시작하면서 실제 업무를 익히게 된다. 어느 정도 업무가 숙달되면 능력 여부에 따라 전문 지식이 요구되는 일등석과 이등석 근무에 관한 서비스 교육을 이수하게 된다. 또한, 기내 상영물 및 VTR 조작법, 기내 면세품 판매 및 재고 관리, 팀워크 교육, 추후 진급이나 직무 전환에 따라 서비스 리더 교육, 객실 관리자 교육, 방송 보수 교육 등 끊임없는 재보수와 동기 부여를 위한 다양한 교육을 지속적으로 받는다.

승무원의 노력과 수고는 외적인 부분 못지않게 내적인 부분에서도 많이 필요하다. 아니 열심히 하지 않으면 점점 후배들에게 밀리게 된다.

외적으로는 완벽하고 멋지지만 내적 능력이나 실력이 부족하면 시너지 효과를 얻지 못한다. 외적인 능력이 조금 부족해도 내적으로 더 많이 채워진다면 오히려 그것이 더 이상적으로 비치며 선배들에게 사랑을 받는다. 내적인 요소에는 여러 가지가 있다. 우선 승무원은 센스가 있어야 한다. 센스와 상황 판단력 그리고 대처 능력이 뛰어나면 훌륭한 승무원으로서 인정받고 진급에도 큰 도움이 된다.

또한, 각 나라의 문화와 풍습을 이해하고 그에 맞는 서비스를 제공하기 위해 노력을 하고 경험을 쌓아야 한다. 가령 독일인은 맥주, 프랑스인과 이탈리아인은 와인, 러시아인은 보드카라는 공식처럼 일본인 승객은 식사를 할 때 맥주나 미즈와리Whisky water를 곁들여 마신다. 영국인은 밀크티를 즐겨 마시며, 인도인은 차에 설탕을 많이 넣는다. 필리핀을 비롯한 동남아시아 승객은 콜라나 소다수 같은 탄산음료를 좋아한다. 중국인 승객은 식사 때 와인이나 커피, 음료 등을 서비스하면 두 손가락을 굽혀 바닥을 두 번 두드린다. 감사의 의미다. 인도인 승객은 서비스를 권할 때마다 긍정의 의미로 고개를 끄덕이는 것이 아니라 고개를 갸우뚱 내젓는다. 또한, 일본인 승객은 비행기 안에서 무릎 담요를 많이 찾는데 이는 추워서가 아니라 습관인 것이다. 중동 지역을 비행할 때 이슬람 문화권의 승객은 메카가 있는 서쪽 방향을 물어서 그쪽을 향해 기도를 한다. 이러한 것들은 학습과 경험을 통해 이루어지는 것이지만 무엇보다 열린 마음과 타 문화를 이해하면서 공부를 해야 알 수 있다.

　승무원은 각국의 공항 출입국 규정 및 면세 규정을 외워야 한다. 각 나라마다 강조 사항이나 규정이 있는데 가령 싱가포르에 입국할 때는 껌과 담배를 휴대하고 들어가면 벌금을 물게 된다. 음식물 반입이 까다로운 나라도 많다. 대부분의 나라에서는 과일, 고기류, 유제품 등은 절대적으로 금지하는데 특히, 오스트레일리아와 뉴질랜드를 포함한 대양주 쪽은 검역이 까다롭다. 심지어 신발에 묻은 흙에까지도 예민하게 반응하기 때문에 미리 털고 가야 한다. 이처럼 승무원은 올바른 정보를 알고 승객에게 알려야 한다. 부족한 정보나 완벽하지 못한 서비스맨은 승객이 신뢰하지 않으며 심지어 무시하기도 한다.

　어느 정도 비행 경력이 쌓이고 외국어자격과 방송자격 등 기본적인 자질을 갖추면 이코노미 담당 승무원에서 비즈니스 클래스와 퍼스트 클래스 담당 승무원이 될 수 있다. 상위 클래스 교육은 메뉴 용어부터 시작해 테이블 매너를 배우는데, 각종 식자재의 이름을 한국어, 영어, 일본어로 구사할 줄 알아야 하기 때문에 그 학습량도 엄청나다. 이처럼 완벽한 승무원이 되기 위해서는 해야 할 일도 많고, 공부해야 할 것도 많아서 그 노력은 끝이 없다.

　승무원이 되었다고 끝나는 것이 아니다. 언제 어디서나 진정한 프로가 되기 위해서는 내적으로나 외적으로 열심히 달려야 한다. 노력하지 않고 공부하지 않는 사람은 발전이 없고 그 사회에서 퇴보하기 마련이다. 완벽한 명품 승무원이 되기 위해서는 노력 또 노력만이 살 길이다.

당당하게!
자신있게!

면접에 대처하는 자세

항공사 면접 꿰뚫기

체크만이 살 길이다! 면접 체크 요령

폼생폼사! 이미지 메이킹 전략

면접 성공을 향한 스피치 전략

항공사 면접 꿰뚫기

국내의 대표적인 항공사인 대한항공과 아시아나항공의 면접 유형은 비슷하지만 진행 과정과 방법에서는 다소 차이가 있다. 전체적으로 서류 전형, 1차 실무 면접, 인성·적성 검사, 체력 테스트, 신체검사와 임원 면접(최종 면접)으로 구성되어 있으며, 먼저 서류 전형과 1차 실무 면접에 합격을 해야 그다음 전형을 치를 수 있다.

개별 면접

다수의 면접관이 한 사람의 면접자를 대상으로 질문과 응답을 하는 방식이다. 면접관은 주로 상무, 이사 등 기업의 임원진으로 구성되며 드물게는 사장이나 부사장이 참석하는 예도 있다. 대기업일수록 채용 시험은 각 담당 부서에서 맡고 있다. 항공사에서는 임원진뿐만 아니라 부사무장급 이상의 승무원들이 면접관으로 참석하기도 한다.

개별 면접의 또 다른 형태는 한 명의 면접자가 각각의 면접관이 있는 방으로 들어가 면접을 보는 방식이다.

Strength 면접관이 여러 명이므로 다각도의 질문이 나올 수 있고, 이를 통해 면접자의 다양한 측면을 알 수 있다.

Weakness 면접자는 여러 명의 면접관으로부터 질문을 받게 되므로 집중력이 떨어지고, 질문에 정확히 대답을 못했을 경우 다음 질문을 받을 때 자신감을 잃는 경향이 있다.

Interview Tip 한 명의 면접관이 묻더라도 답할 때는 전체 면접관에게 말한다는 기분으로 임한다. 시선도 한 사람만 쳐다보지 말고 여러 면접관과 눈을 맞추어야 한다.

단독 면접

면접관과 면접자가 일대일로 마주 보고 질문과 응답을 하는 방식이다.

Strength 일대일로 마주 앉아 이야기하므로 면접관은 면접자의 신상과 자질, 특성에 대해 면밀히 관찰할 수 있고 면접자도 자신에 대해 자세히 설명할 수 있다.

Weakness 한 사람씩 면접을 진행하므로 시간이 많이 소요되고, 면접관이 단 한 명이므로 그의 주관이 크게 작용할 수 있다. 면접자는 혼자 들어가야 한다는 생각 때문에 심리적인 긴장감이 더 클 수 있다.

긴장을 푸는 것이 핵심 포인트다. 일대일로 마주하기 때문에 필요 이상으로 긴장할 수 있지만 면접관을 평소 친한 선배나 교수님처럼 생각하면 오히려 편안하게 면접에 임해 좋은 결과를 얻을 수 있다.

집단 면접

다수의 면접관과 다수의 면접자들이 질문과 응답을 하며 여러 명을 한꺼번에 평가하는 방식이다. 집단 면접의 기본적인 면접실 배열은 책상을 사이에 두고 다수의 면접관과 다수의 면접자가 마주 보고 앉는 것으로, 가운데 자리에 앉은 수석 면접관의 질문에 면접자들이 차례로 대답하는 방식이다. 대부분의 항공사에서는 집단 면접을 시행하고 있고, 5~7명까지 단체로 조를 이루어 들어간다.

Strength 시간을 절약할 수 있고, 면접자 개개인에 대한 관찰 시간도 길어진다. 다수의 면접자를 동시에 비교할 수 있기 때문에 평가의 객관성과 신뢰도를 높일 수 있다. 면접자의 경우 여러 명과 함께 들어가므로 덜 긴장하게 된다.

Weakness 질문에 답하는 면접자의 차례에 따라 유리함과 불리함이 생길 수 있다. 서로 비슷한 내용을 대답해서 불이익이 오는 것은 아니지만 다른 면접자보다 세련된 대답을 하는 것이 좋은 평가를 얻을 수 있다.

Interview Tip 자신의 체험을 바탕으로 세련된 답변을 한다. 집단 면접에서는 의견을 조리 있게 말할 수 있는 능력을 갖춘 사람이 유리하다. 개성을 표현하려면 직접 체험한 내용을 답변에 포함하는 것이 좋다. 그리고 다른 면접자의 답변을 경청하는 태도를 유지한다. 면접관은 타인의 의견을 듣는 태도 역시 주시하고 있기 때문이다.

토론 면접

5~8명의 면접자에게 특정한 주제를 제시하고 토론하게 한 후, 면접관들은 옆에서 면접자들의 발언과 태도 등을 관찰하는 형식으로 평가한다. 면접관들은 토론에 전혀 참여하지 않으며 면접자들이 자유롭게 자신만의 색깔을 나타내며 참여하는 방식이다.

Strength 면접자들의 표현력, 이해력, 조직력, 리더십 등이 뚜렷이 드러나기 때문에 면접자들의 태도와 지식 수준을 종합적으로 판단할 수 있어 일부 항공사나 기업에서 점차 시행하고 있는 추세다.

Weakness 주제가 정해져 있거나 자율적으로 주제를 정해 토론을 한다. 면접자들이 처음부터 끝까지 진행하기 때문에 신경이 쓰이고 부담이 될 수 있다.

Interview Tip 토론 주제에 대한 확실한 인지와 논리 정연한 스피치 능력이 필요하며 타인의 의견을 수용하고 경청하는 자세도 중요하다. 무엇보다 자기만 돋보이려는 태도는 바람직하지 않고 팀워크가 중요하다. 자신과 다른 의견을 내는 면접자를 가로막아서는 안 되며 지나치게 반박하는 것도 좋지 않다.

체크만이 살 길이다!
면접 체크 요령

과거에 비해 지원자들이 많이 늘어 항공사에서는 승무원 재원 확보가 더욱 용이해졌다. 이제는 면접자들의 면접 스킬이 향상되어 그 평가 기준과 채용 기준은 점차 높아지고 있고, 완벽히 준비하지 않으면 합격할 수 있는 확률은 점점 낮아지는 실정이다. 대한항공 인사 기획 팀장은 승무원 채용에 있어 "국제적 감각과 올바른 예절, 밝고 건강하며 진취적인 인재를 선호한다"라고 소개했다. 아시아나항공 인사 팀장은 "승무원은 손님을 세심하게 배려할 수 있는 따뜻한 마음과 밝고 부드러운 이미지를 가진 사람이어야 한다"라고 말했다.

면접관들의 눈은 까다롭고 모든 행동을 예의 주시하며 면접자를 평가하기 때문에 행동 하나하나 그리고 스피치 하나하나가 당락을 결정짓는 중요한 요소가 된다. 표정, 옷차림, 목소리, 어투, 어법, 헤어스타일, 메이크업, 태도, 예의, 인성, 전체적인 이미지에 이르기까지 모든 부분에서 소홀해서는 안 된다. 면접에서 주의해야 할 세부 행동 사항도 평가 요소가 되어 합격의 당락을 결정하므로 다음의 사항을 연습하고 점검하자.

check

01_ 면접을 실시하는 회사에 들어서는 순간
충분한 시간을 두고 여유 있게 면접장에 도착해서 허둥지둥하는 모습을 보이지 않도록 한다. 들어서는 순간부터 자신의 행동이나 복장을 살펴본다.

02_ 면접에 같이 입장할 응시생들을 보는 순간
같은 조의 사람이라면 통성명이나 대화를 하며 긴장을 풀도록 한다. 면접 실패의 원인은 긴장이다. 함께 입장할 사람들과 친숙해지면 안정을 되찾게 된다. 그리고 서로 어피어런스 체크를 하는 것이 좋다.

03_ 면접 대기실에서 이날 소개할 사항을 인지하는 순간
최종적으로 회사 개요와 지원 동기, 기본적인 준비 사항들을 침착하게 점검한다.

04_ 입실을 하는 순간
외모를 최종 점검한 후 입과 눈의 근육 이완 운동, 전신 근육 이완 동작을 취한다. 지속적으로 미소를 유지한다. 이때 치아에 립스틱이 묻어 있지는 않은지, 블라우스가 빠져나오지 않았는지, 머리가 단정한지, 스타킹 올이 나가지 않았는지, 얼굴이 번들거리지 않은지 점검한다.

05_ 면접장에 발을 들여놓으며 가볍게 목례하는 순간

면접관을 보고 가볍게 목례나 눈인사를 하면서 가장 밝은 미소를 짓는
다. 첫인상이 환하고 좋으면 면접관의 눈에 들어오기 마련이다.

06_ 바르게 걸으면서 자기 위치를 찾는 순간

앞사람의 뒷머리를 보고 차렷 자세로 미소를 지으면서 당당하게 걸어
자리로 간다. 자기 위치를 찾은 후에는 면접관을 두루 응시하며 미소를
짓는다.

07_ 인사를 하는 순간

인사는 자신에 대한 본격적인 소개다. 될 수 있으면 치아를 드러내는
미소를 유지하며 절도 있게 30도 각도로 인사를 한다.

08_ 자기소개를 하는 순간

자기소개는 면접관과 눈을 마주치고 자신에 대해 이야기할 수 있는 순
간이다. 침착하게 이야기하며 허공이나 땅을 보는 일이 없도록 한다.
면접관을 바라보고 미소를 지으며 또박또박 차분하게 말한다.

09_ 지시에 따라 의자에 앉는 순간

뒤의 의자를 확인한 후, 스커트를 가볍게 쓸며 앉고 다리를 가지런히
모아 사선으로 여성스럽게 자세를 취한다. 이때 등받이에 기대지 않고
주먹 하나가 들어갈 정도의 폭을 두고 앉는 것이 좋다.

10_ 면접관이 호명하는 순간

질문을 한 면접관을 보며 "네"라는 대답과 함께 약간 앞으로 다가가는
적극적인 자세를 취한다.

11_ 질문에 답변하는 순간

생각은 짧게, 답변은 바로 할 수 있도록 한다. 잘 모르는 내용을 질문받
으면 시간을 끌어 지연시키는 것이 아니라 "죄송합니다. 준비를 못해

서 잘 모르겠습니다" 하고 간략하게 대답한다. 답변을 할 때는 정확한 발음과 적당한 속도, 침착한 목소리로 또박또박 간략하게 답변한다.

12_ 답변에 대해 면접관이 의문을 제시하는 순간
"네, 그 부분까지 생각하지 못했습니다. 가르쳐주셔서 감사합니다" 혹은 "지적해주셔서 감사합니다"라고 하며 반박하지 말고 어색하지 않게 수긍한다.

13_ 다른 면접자의 답변을 듣는 순간
다른 응시자를 빤히 쳐다보거나 간혹 아래위로 훑어보는 경우가 있다. 주의하도록 한다. 미소를 계속 유지하며 다른 사람의 말도 잘 경청한다.

14_ 면접 동안에 서 있거나 앉아 있을 때
등이 굽어 있는지, 다리를 벌리고 있거나 흔들고 있는 것은 아닌지, 손을 만지작거리는지, 얼굴이 굳어 있지 않은지, 시선이 다른 곳을 향하고 있지는 않은지 스스로 점검한다.

15_ 면접관이 "예, 수고하셨습니다" 라고 말하는 순간
가벼운 눈인사와 함께 미소를 유지한다.

16_ 면접관이 "일어나십시오" 라고 말하는 순간
가볍게 목례를 하고 어수선하지 않게 얌전히 일어선다.

17_ 면접자 전체가 "감사합니다" 하고 인사하는 순간
마지막 인사는 더욱 밝고 활기차게 미소를 지으며 한다.

18_ 문을 열고 다시 닫는 순간
신발을 끌지 않고 조용히 걸어나가 가볍게 문을 연 후, 문소리가 크게 나지 않도록 주의하며 닫는다.

폼생폼사!
이미지 메이킹 전략

면접은 채용을 위한 최종 관문이다. 면접에서는 본인의 가치를 극대화해서 합격에 골인할 수 있고, 반대로 이미지를 바닥으로 떨어뜨려 실패를 맛볼 수도 있다. 그 때문에 이미지 메이킹이 필요하다. 어쩌면 이미지 메이킹을 단순히 외모를 예쁘게 가꾸는 것이라고 착각할지도 모른다. 그러나 이미지 메이킹이란 '이미지를 만든다'라는 뜻에서 알 수 있듯이 개개인이 가지고 있는 외적 이미지와 내적 이미지를 합해 호감도 높은 최상의 이미지를 만든다는 의미다. 여기서 외적 이미지는 용모, 태도, 표정, 음성, 옷차림, 걸음걸이, 자세, 동작, 제스처 등을 말하며 내적 이미지는 말씨, 성격, 인성, 실력, 감정, 자신감, 분위기 등을 말한다.

성공적인 면접과 취업을 위해 준비된 이미지야말로 준비된 성공이라는 것을 기억하면서 면접에서 세부적인 이미지 연출법을 정리해보겠다.

머리 손질은 깔끔하게!

남성은 약간 짧고 단정한 헤어스타일을 한다. 옆머리는 귀를 덮지 않게, 뒷머리는 셔츠 깃에 닿지 않는 길이가 알맞다. 더불어 스타일링 제품을 사용

해 단정히 마무리해야 한다. 지나치게 스타일리시한 머리는 특정 직종(패션, 의류, 광고 등)을 제외하고는 좋은 이미지를 주지 않는다. 인사 담당자나 면접관들은 대부분 경력이 오래되었고, 연령대도 높기 때문에 보수적인 경향이 있다는 것을 염두에 두어야 한다.

여성은 쇼트커트형이나 단발머리형인 경우, 흘러내리거나 눈을 가리지 않도록 하고 최대한 단정하게 하는 것이 키포인트다. 긴 머리형은 묶거나 핀 등을 사용해 정리하는 것이 좋다. 하나로 묶는 포니스타일을 하거나 망으로 씌워 깔끔한 이미지를 연출하는 것이 단정하다. 이때 중요한 것은 묶을 때 귀를 보이게 옆머리를 정리하고 뒷부분에 잔머리가 남지 않도록 고정하는 것이다. 머리를 길게 늘어뜨린 상태로 면접에 임하면 인사할 때 머리카락이 흘러내리고, 손이 머리에 자주 가는 불필요한 행동을 하기 때문에 자칫 지저분해 보일 수 있으니 깔끔하게 정리한다.

면접의 드레스 코드

자신에게 맞는 옷차림도 역시 중요한 경쟁력이다. 머리 손질과 마찬가지로 옷차림도 모델이나 연예인을 뽑는 것이 아니기 때문에 지나치게 유행을 따르거나 복잡한 스타일, 튀는 색의 옷보다는 심플하고 세련된 정장이 적당하다. 성공한 CEO들이 좋아하는 정장 색은 짙은 감색이라고 한다. 다크 네이비, 감색 또는 짙은 감색이라고도 하는데 안정감과 세련미가 있어 여성이나 남성 모두 면접용 컬러로 적합하다. 밝은 색, 밤색, 짙은 검은색, 스트라이프 정장은 연출하기가 쉽지 않고 면접에 무난하지 않다.

남성 정장의 키포인트는 V존의 컬러 선택이다. 짙은 감색의 수트에는 밝은 색상의 셔츠는 물론 무난한 흰 셔츠도 잘 어울린다. 넥타이는 단색이나 무늬가 작고 단조로운 것을 선택하고 넥타이 색은 푸른 계열이나 붉은 계열 모두 무난하다. 그러나 검은색, 분홍색, 요란한 색의 넥타이와 반짝이가 들어가거나 큰 무늬나 캐릭터가 그려진 넥타이는 피하도록 한다.

여성의 옷차림은 스커트 정장이나 바지 정장이 바람직하다. 자신의 체형(키, 몸무게, 상체 비만, 하체 비만)의 밸런스를 맞추어 단점을 커버하는 색상이나 스타일을 선택한다. 스커트는 무릎 선 정도가 알맞고 재킷과 스커트는 너무 꽉 끼지 않은 것이 좋다.

구두는 남녀 모두 튀지 않고 무난하며 평범한 정통 스타일을 선택한다.

올바른 인사법

세련되고 절도 있는 인사는 그 사람의 품위를 나타낸다. 면접장에 들어가면 인사와 소개가 뒤따른다. 남성의 인사 기본자세는 팔은 바지 재봉 선에 두고, 손은 계란을 쥔 듯 주먹을 살짝 쥐고 선다. 여성은 오른손을 위로 해서 양손을 겹쳐 잡고 배꼽 아래에 가지런히 놓는다. 팔꿈치는 너무 벌리지 않

고 허리에 살짝 붙인다.

허리와 어깨는 펴고, 배는 집어넣는다. 다리는 붙이고 발은 V자형을 만들어 선다. 그런 다음 목과 허리를 일직선으로 세우고 30도 정도의 각도로 천천히 숙인 후 잠시 멈추었다가 다시 천천히 올라오면 절도 있는 인사를 할 수 있다.

완벽 스마일 만들기

좋은 이미지를 심어주기 위한 첫 단추는 역시 미소다. 딱딱하거나 차가운 인상, 무표정한 인상을 짓는 사람은 좋은 점수를 받기 어렵다.

거울을 보고 웃는 얼굴을 연습하고 기억한다. 면접에 들어가기 전에·안면 근육 운동으로 충분히 풀어두는 것도 표정 관리의 좋은 방법이다. 면접에 들어가서 인사하고 자기소개가 끝난 후 개별 질문에 응답하는 시간을 최소 20분이라고 본다면 그 시간 내내 미소를 잃지 않아야 한다.

편안하고 아름다운 미소는 하루아침에 만들어지지 않는다. 거울을 보고 제일 예쁜 미소를 연습한다. 평상시에도 의도적으로 웃으면서 말하거나 전화 통화를 하면서 연습하는 것도 좋은 방법이다.

아이 컨택이 중요하다!

호감 가는 첫인상을 위해서는 표정 관리뿐만 아니라 자신의 머리, 턱, 눈의 관리도 필요하다. 머리는 신체의 중심이므로 뻐딱하게 기울어지지 않도록 한다. 굉장히 성의 없어 보이기 때문이다. 또한, 턱의 위치도 중요하다. 턱을 너무 들고 있으면 거만하거나 불손한 이미지를 풍기고, 너무 숙이면 자신감이 없어 보인다. 턱은 바닥면과 평행하도록 약간 끌어당기는 것이 좋다.

마지막으로 아이 컨택Eye Contact이다. 항상 면접관의 시선과 함께 움직이도록 한다. 또한, 질문의 답을 생각하는 과정에서 무의식적으로 눈을 치켜올리거나 아래를 보는 행동은 좋지 않은 인상을 남긴다는 것을 염두에 두자.

바른 자세, 당당한 걸음걸이

면접관들은 대기실에서 면접장으로 들어오는 면접자들의 모습을 보고 첫 느낌을 평가한다. 아직 면접을 진행하지도 않았는데 말이다. 면접자들이 들어오는 자세와 걸음걸이로 그 사람의 성향과 자신감을 판단하는 것이다. 신발로 바닥을 끌지 않도록 주의하고 미소를 머금고 당당하게 걸어 들어가자.

자신 있는 목소리 연출하기

스피치에 있어서 음성은 중요한 요소다. 면접장에 들어가기 전에 목 상태를 꼭 체크한다. 그리고 어떤 톤이 밝고 명쾌한지 확인한다. 자신감 없이 기어들어가는 목소리, 화통을 삶아먹은 듯한 목소리, 딱따구리 같이 너무 빠른 말투, 답답하게 느껴지는 느린 말투, 갈라지는 음성은 긍정적인 이미지를 주기 어렵다.

불필요한 행동은 삼가한다!

미국의 사회 심리학자 앨버트 메라비언은 메시지를 전달할 때의 주요 요소로 표정과 태도 등의 몸짓, 즉 시각적인 이미지가 55퍼센트를 차지한다고 했다. 마찬가지로 면접관들도 면접자의 세부적인 자세, 태도, 행동 등으로 면접자의 성향이나 의지를 평가하게 된다. 머리를 자꾸 긁는다거나 코와 입을 만지는 행위, 혀를 내미는 버릇, 다리를 떤다거나 까닥거리는 불필요한 움직임은 삼가고, 안정되고 편안한 인상을 남기도록 한다.

면접 성공을 향한 스피치 전략

좋은 인상을 남길 수 있게 깔끔하게 가꾸고 적극적인 태도로 무장했다면 이제 논리적, 구체적, 독창적인 스피치로 당신의 진가를 보여줄 수 있어야 한다. 성공적인 취업을 위해서는 무엇보다도 자신이 알고 있는 모든 지식을 총동원해 재치 있고 자신감 있게 말하는 능력, 즉 스피치 능력이 중요하다. 결국 면접의 핵심은 그 사람이 어떤 능력을 갖추었는가에 대한 평가다. 스피치는 면접자의 실력과 의지, 열정과 외모를 보완하고 장점을 승화시킬 수 있는 것으로, 면접관을 설득하는 능력이다.

인간관계는 말로 시작해서 말로 끝나는 커뮤니케이션의 관계다. 자신의 소신을 보다 명료하고 효과적이며 균형 있게 표현하는 능력 이것이 바로 스피치 커뮤니케이션 능력이다. 보통 면접관들은 기업에서 10년 이상 근무한 중간 관리자나 임원진이다. 면접관들은 면접자들의 스피치를 통해 인성, 예절, 의욕, 자신감, 열의, 열정 등을 파악할 수 있는 것이다. 그렇다면 면접관의 마음을 사로잡고 의견을 설득력 있게 전달할 수 있는 스피치란 무엇인지 사례를 들어 살펴보겠다.

지원 회사를 사전에 연구하고 답변할 때 관련 내용을 적극 활용한다

서류 준비 전, 즉 이력서와 자기소개서를 쓰기 전부터 입사하게 될 회사를 조사하는 것은 기본으로 갖추어야 할 예의 혹은 기본 상식과도 같은 것이다. 하지만 실제로 지원 회사에 대한 기본 지식도 갖추지 않은 채 면접에 임하는 면접자들이 대다수다. 자신이 지원하는 기업의 특성, 역사, 경영 철학, 최근 이슈, 조직 문화 등을 알아보고 입에서 줄줄 나오도록 암기해야 한다. 기본적으로 준비해야 할 사항은 다음과 같다.

- 회사 연혁

- 회장(또는 창업주나 사장)의 이름과 사진, 출신 학교 및 전공과목 확인

- 회장 또는 사장이 요구하는 신입사원 인재상

- 회사의 사훈, 사시, 경영 이념, 경영 전략, 캠페인 추진 전략, 홍보 전략

- 회사의 대표 또는 주력 상품

- 업종별 계열 회사와 해외 지사의 수와 위치

- 신상품, 신 개발품에 대한 기획 및 현황

- 회사의 장단점과 경쟁 기업과의 비교 분석

이러한 자료는 인터넷과 해당 기업의 사보나 신문, 잡지 등을 통해서 찾을 수 있다. 그리고 가능하면 지원 회사와 경쟁 관계에 있는 기업을 비교 분석하고 그에 따른 자신만의 생각과 강화 전략을 정리해둔다. 이때 중요한 것은 회사가 그해에 강조하고 있는 추진 전략이나 홍보 내용 등에 대한 긍정적인 부분을 언급하는 것이다. 어떠한 대답이든 지원 회사와 관련된 내용을 하나씩 꼭 집어넣고 이야기를 풀어나가는 것이 적당하다.

ex) ○○항공의 올해 '경영 전략 캠페인'은 '고객 만족 극대화'로 알고 있습니다.
   ○○회사는 '소비자 만족도 최우수 기업'으로 선정된 것으로 알고 있습니다.

이렇게 하면 인사 담당자는 면접자를 통해서 회사 인지도를 확인하고 흐뭇해하면서 좋은 점수를 주게 될 것이다. 또한, 회사와 본인의 연결 고리를 찾아서 답변할 때 적절히 활용하는 것도 좋은 방법이다.

ex) ○○회사의 사훈은 '창조적인 인재 개발'로 알고 있습니다. 저는 학생기자로 활동하면서 아이디어 회의와 취재 활동을 통해 창조적인 사고가 함양되었다고 생각합니다. 이에 발맞추어 저는 ○○회사의 마케팅 부서에서 신세대의 사고와 현장에 맞는 톡톡 튀고 참신한 아이디어로 이 회사에 없어서는 안 될 브레인이 되겠습니다.

마지막으로 지원 기업에 입사한 선배들을 만나 회사 분위기와 최근 이슈, 회사가 바라는 인재상에 관한 정보를 듣는 것도 바람직하다.

면접관을 사로잡을 임팩트 있는 자기소개를 준비하고 연습한다

전쟁에서의 전술과 마찬가지로 스피치에서의 화술도 준비를 철저히 해야 성공할 수 있다. 면접은 결국 자기 자신을 파는 것이다. 짧은 시간에 가장 효과적으로 판매해야 하기 때문에 그 순간에 최선을 다한다. 내 인생에 마지막 기회라고 생각하고 준비한 모든 것을 최대한 보여줄 수 있도록 연습한다.

그렇다면 스피치에서 면접관의 관심을 끌 수 있는 방법은 무엇일까? 가장 중요한 첫 단추는 자신에게 관심이 집중될 수 있는 서두를 준비하는 것이다. 어떤 면접자는 노래로, 춤으로, 개인기로 면접관을 사로잡기도 한다. 자신만의 개성을 강조하면서 그 가운데 인성, 의지, 열정을 어필할 수 있어야 한다. 그렇게 하기 위해서 격언이나 명언, 속담, 좋은 글귀 등을 자신과 연관 지어 풀어가는 것이 좋다. 또한, 면접자가 먼저 면접관에게 질의하는 방식으로 시작해보는 것도 색다른 방법이다.

ex) 안녕하십니까? 미래가 밝은 인재 OOO입니다. 그리스 신화에 나오는 '이카루스'를 아십니까? (질의 후 잠시 멈춘다) 그는 밀랍으로 된 날개를 달고 용감하게 하늘을 날고자 했습니다. 하지만 그에게는 용기뿐이었습니다. 저는 학생 임원 활동을 하며 다양한 커뮤니케이션 스킬과 열린 마음으로 녹지 않는 밀랍을 준비해왔습니다. 이제 이 밀랍으로 OO항공이라는 커다란 날개를 달고 글로벌 인재로 비상하고자 합니다. 제 등에 업힌 고객이 정상에 오를 때까지 힘차게 비상하겠습니다. 감사합니다.

안녕하십니까? 부드럽고 사랑스러운 여자 OOO입니다. 저는 '초코파이' 같은 사람입니다. 초코파이는 대한민국 국민이라면 누구나 다 좋아하고 또한, 세계적으로 사랑받는 '국민 간식'입니다. 초코파이가 사랑받는 이유는 그 안에 들어 있는 부드럽고 달콤한 마시멜로 때문입니다. 저는 이 마시멜로처럼 부드럽고 사랑받는 승무원이 되고 싶습니다. 초코파이에 마시멜로가 없으면 안 되는 것처럼 OO항공에 없어서는 안 될 존재가 되어 고객 분들께 '정情'을 나누어드리겠습니다. 감사합니다.

자기소개는 면접관에게 관심을 끌 만한 내용을 선택해 임팩트 있는 시작과 멋진 마무리로 짧게는 1분, 길게는 3분 정도에 걸쳐 일목요연하게 준비한다. 영문 자기소개도 마찬가지다. 전형성을 탈피해서 멋진 문장을 만들고 이를 연습하는 것이 필요하다.

외우고 읽기만 하는 스피치는 필요 없다

면접관의 관심을 끌 만한 좋은 내용이었지만 정확하게 전달하지 못한다면 말짱 꽝이다. 입 안에서 우물거리거나 말미를 흐리는 것도 자신감 없게 비칠 수 있다.

　면접관들은 암기하듯 술술 읽는 내용에는 크게 관심을 가지지 않는다는 사실을 기억하자. 내용은 좋은데 전달력이 없어서 100점의 점수를 70점밖에 가져가지 못하는 경우가 빈번하게 발생한다.

　달달 외우거나 책을 읽는 것 같은 스피치가 아니라 친구에게 이야기하듯이 말한다고 생각한다. 그렇게 편안하게 스피치를 풀어나가기 위해서는 전체적인 내용의 키워드를 기억해두어야 한다. 전달하고자 하는 내용의 키워드를 기억하고 친구에게 말하듯이 자연스럽게 대답하는 연습이 필요하다. 군인처럼 딱딱하게 대답하는 사람도 있는데 목소리는 크고 또렷하되 편안하고 자신감 있는 스피치가 바람직하다. 그리고 마지막 종결어미까지 정확하게 발음하는 것이 신뢰감을 줄 수 있다. 그러기 위해서는 자신 있는 발성 연습이 뒤따라야 한다. 표현을 잘하는 사람과 못하는 사람의 중요한 차이는 말의 억양이나 속도에 변화를 주느냐 안 주느냐의 차이다. 처음부터 끝까지 단조롭게 말하면 듣는 사람은 지루해하고 의미 전달에서도 효과적이지 못하다. 음성의 강약, 높고 낮음, 핵심 단어의 한 글자 한 글자를 천천히 또박또박 말하기, 강조 후 잠시 멈춤 등 음성의 고저, 강약, 완급의 변화를 주는 스피치 발성법은 굉장히 중요한 부분이다.

면접 1주일 전부터 신문을 꼬박꼬박 읽고 시사 상식을 최종 정리한다

면접에서는 경제, 정치, 문화, 사회의 각 분야에 걸친 시사 상식을 자주 묻는다. 그러므로 중요한 사건, 행사, 사회 현상에 관한 시사 상식을 미리미리 정리하고, 필요에 따라서는 자기 의견도 함께 준비해둔다. 특히 최신 뉴스 중에 지원 회사와 연관성이 있는 문제는 철저히 준비를 해야 한다. 가령 환율 상승 또는 유가 상승과 하락이 회사에 미치는 영향, 향후 전망 등에 대한 견해를 물을 수도 있다.

면접장으로 가는 당일 날에도 조간신문을 꼭 챙겨 이동하는 차 안에서 최근 이슈에 대해 파악해놓자. 면접관의 질문 중 오늘 내가 읽었던 내용을 묻는다면 자신 있게 대답할 수 있을 것이다. 그리고 면접자의 전공과 연관이 있는 질문을 묻기 마련이다. 전공과 관련된 기본적인 사항들을 다시 한 번 정리해둔다. 면접에서는 깊은 지식보다는 폭넓은 지식을 요구한다.

구체적이고 독창적으로 말한다

면접관의 질문에 평범한 대답을 한다면 다른 경쟁자와의 차별성이 떨어진다. 말하려는 내용에 자신을 갖고 상대방에게 확실하게 전달하기 위해서는 사례와 결과물을 중심으로 구체적으로 말한다. 면접관은 모든 일을 할 수 있을 것 같은 사람보다 구체적으로 한 가지 일이라도 제대로 할 수 있는 사람을 선호한다.

"학창 시절 리더로 일해본 경험이 있는가"라는 면접관의 질문에 "예, 저는 학회장(과대표, 동아리 회장 등)을 맡아 리더로서의 역할과 책임을 배울 수 있었습니다"라는 답변만으로는 좋은 점수를 받을 수 없다.

　리더를 수행한 경험을 말하면서 더불어 리더로서의 고민이나 보람, 주위의 평가, 좋은 팀워크를 발휘했던 경우 등 사례와 결과물을 중심으로 구체적으로 언급한다면 후한 점수를 받을 수 있을 것이다.

　이상론보다는 전달에 구체성을 갖고 개성 있고 특징 있게 전달한다. "저를 뽑아주시면 열정을 가지고 성실히 일하겠습니다"라는 대답은 전형적이고 독창적이지 못하다. "평소 ○○사는 고객 지향적인 서비스를 제공하며 고객 만족을 위해 최선을 다하는 기업이라고 알고 있습니다. 그런데 최근에 나온 ○○ 서비스는 가격 면에서 서민층 고객들에게 유용하지 못한 것 같습니다. 그것을 보완하기 위해서는……" 이처럼 문제점 제시와 해결 방안을 함께 말한다면 독창적인 업무 수행 능력과 능동적인 문제 해결 능력을 보여줄 수 있다. 독창성은 다른 경쟁자와의 차별성을 나타내는 중요한 척도임을 기억하라.

정답만을 원하는 것은 아니다. 재치 있고 유머러스하게 받아치기

면접관을 사로잡아 합격으로 이끌기 위한 면접 스피치 방법의 키워드 세 가지는 전달력, 표현력, 순발력이다. 대답하기 곤란하거나 짓궂은 질문을 받

더라도 상황에 맞게 재치 있게 받아넘길 수 있어야 한다. 싫은 표정을 짓거나 곤란한 표정을 지어서는 안 된다. 이런 경우는 오히려 더 미소를 짓고 면접관들이 모두 웃어버릴 수 있는 멘트로 분위기를 밝게 만드는 것도 좋은 방법이다.

모 방송사 아나운서 시험의 최종 면접 중 한 면접관이 "세탁기 안에 들어갈 수 있습니까?"라는 엉뚱한 질문에 "네, 돌리셔도 됩니다"라고 순발력 있고 유머 있는 대답을 해서 합격한 사례도 있다. 예상치 못한 질문에 당황하지 말고 1~2초간 호흡을 가다듬고 발상의 전환을 시도해본다. 질문 후 곧바로 답변을 할 필요는 없다. 잠시 여유를 두고 생각을 정리한 후 말하도록 한다. 면접은 질문에 대해 정답 맞추기를 하는 것이 아니다. 어떻게 대처하는지 답변하는 언행을 통해 면접자의 능력, 자질, 인성, 의욕 등의 총체적인 평가를 하는 것이다.

그리고 면접관이 꼬리에 꼬리를 물고 질문을 던져올 때는 준비했던 멋진 글귀를 적용해서 적절하게 마무리 짓고 빨리 빠져나와야 한다.

결론부터 말하고 부연 설명을 한다

수많은 면접자와 오랜 시간 면접을 하다보면 면접관들은 앞뒤가 맞지 않거나 흔하고 전형적인 대답에는 점점 관심을 잃게 된다. 관심을 집중시키고 설득력을 높이기 위해서는 모든 질문에 대한 답변을 결론부터 이야기한 후 부연 설명을 하는 것이 좋다. "이래서 이렇게 되었고, 이렇게 하다 보니 이렇습니다"라는 표현은 면접에서 절대 삼간다. 우선 면접관의 귀에 들어오지 않는다. 질문을 받으면 우선 그 결론을 한 문장으로 말한 뒤에 그에 대한

설명을 사례나 경험을 통해 연결 고리를 찾아 답변한 후 정리해서 다시 결론으로 마무리 짓는다. 그리고 답을 너무 장황하게 이야기하다보면 본인 스스로 정리가 되지 않는 경우가 종종 발생한다. 간결하게 이야기하는 것이 좋은데 그러기 위해서는 끊어서 말하고 대답은 2분을 넘지 않는다.

격식 있는 말투와 올바른 용어를 구사한다

상황에 알맞은 용어를 적절히 구사하는 것이 중요하다. 해당 분야의 전문 용어에 대한 공부도 해야겠지만 필요 이상의 외국어 또는 외래어를 남발하는 것은 좋지 않다. 또한, 인터넷 줄임말(알바, 안습 등)과 속어와 은어의 사용은 삼가고, 경어의 사용법에도 주의한다. 대답할 때도 "있는데요", "……같아요"라는 말은 사용하지 않는다. "있습니다", "……라고 생각합니다"와 같이 '다까 체'를 사용해서 신뢰감을 주도록 한다.

　사투리는 지양하고 정확한 표준어 구사가 기본이다. 또한, '저, 음, 어……'와 같은 말로 서두를 반복적으로 시작하는 사람이 있는데 주의할 필요가 있다. 면접에서 자신도 모르게 평상시의 말투가 나오기 때문에 늘 정확한 언어 습관을 들이도록 노력한다.

자신감을 갖고 마지막 순간까지 최선을 다한다

면접관의 질문에 대답을 했다면 그에 대해서는 자신감을 가져야 한다. 면접 관이 재차 확인하려 든다고 해서 우물쭈물한다거나 당황해서는 안 된다. 면접자의 자세 중 중요한 것은 자신감이다.

설사 답변 내용에 자신이 없다 하더라도 일단은 자신이 답변한 내용이기 때문에 옳다는 확신과 주장을 보여줄 필요가 있다. 자신감은 설득력의 원동력이 된다.

또한, 면접 도중에 대답을 제대로 못했다거나 실수를 했다고 해서 절대로 흐트러지면 안 된다. 잘 모르겠다는 대답보다는 어느 정도 알고 있는 부분까지 최대한 답변한 후 충분한 대답이 되지 못했다고 느꼈을 때는 "죄송합니다만 제가 알고 있는 사항은 이 정도입니다. 앞으로 더 공부해서 관련 지식을 쌓도록 하겠습니다" 하고 분명하게 마무리하는 것이 마이너스 요인을 없애는 방법이다.

어정쩡하게 웃어넘기다가 대답도 행동도 자신 없게 한 후 다음 질문을 받으면 계속 위축되기 마련이다. 마지막 순간까지 최선을 다해 성의를 보인다면 의외의 좋은 결과가 기다리고 있을 수도 있다.

나만의 답변 노트를 만들어 충분히 연습한다

실제 면접에서 자주 나오는 질문 내용은 대동소이해서 일정한 범주를 크게 벗어나지 않는다. 지원 동기, 회사 관련 지식, 개인 경력, 개인 신상, 시사상식 그리고 전공과 관련된 질문이 많다. 또한, 면접자의 이력서와 자기소개서를 중심으로 관련 내용을 질문한다. 그렇기 때문에 어느 정도의 예상 질문을

정리해서 나만의 면접 답변 노트를 만들어본다. 하지만 면접 시에 자신이 준비한 예상 질문이나 그에 대한 답변에 얽매여 외워 읽는 듯한 스피치는 적절하지 못하다. 친한 친구, 가족과 함께 실전처럼 서서 질문하고 답하는 면접 연습을 자주 해보는 것은 중요하다. 실제 상황을 연습해보는 것이 상당히 도움이 되기 때문이다. 학교에서 시행하는 취업 캠프와 같은 취업 관련 프로그램에서 모의 면접 과정에 자주 참여해보는 것도 도움이 된다.

면접관이 마지막으로 할 말이 있는지를 묻는 경우가 있다. 이 기회를 그냥 놓치지 말고 자신을 강하게 어필할 수 있는 멋진 멘트를 준비해서 나를 각인시킬 수 있는 좋은 마무리를 해야 한다.

취업에 도움이 되는 좋은 습관으로 하루하루 자신의 단점을 보완함으로써 경쟁력 있고 차별화된 나만의 능력을 향상시킬 필요가 있다. '습관이 성공을 낳는다'라는 말이 있다. 의지만 굳건하다면 못할 것도, 안 될 것도 없다. 투철한 목표와 꿈을 가지고 자신과의 싸움에서 이기는 사람만이 용기 있는 사람이라고 한다. 열심히 고군분투해서 최후에 웃을 수 있는 모두가 되기 바란다.

면접뿐만 아니라 우리는 이 세상에서 수많은 사람들을 만나 삶 속에서 크고 작은 면접을 마주하는 것 같다. 그 만남 가운데서 좋은 이미지를 주려는 것은 누구나 원하는 바람일 것이다. 좋은 이미지는 내가 풍기는 향기가 얼마나 중요한 것인가를 깨닫고 변화하고자 하는 자신의 의지와 노력에 따라 달라질 수 있다.

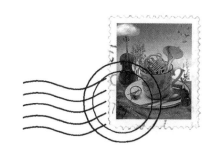

하늘에서
지상으로의
파란만장한 줄타기

fly in the sky

기내방송은 스튜어디스와 사무장의 파트가 나누어 있으며, 실수가 발생하지 않도록 충분히 연습한 후, 방송 책자를 보고 실시한다.

내 인생의 황금 같은
18년간의 비행

새벽을 깨우는 알람 시계

이번 달에 받은 스케줄은 유난히 새벽 비행
이 많다. 항공사에는 승무원들의 항공 스케
줄을 짜는 편조팀이라는 사무 부서가 있다. 이곳은 항공 스케줄을 짜고 조
정하는 모든 업무를 도맡아 하는 곳으로 편조팀 직원과 친해지면 나름대로
좋을 때도 있다.

매달 월말에 다음 달 스케줄을 받게 되는데, 대체로 25일을 전후로 나오
지만 상황에 따라 일찍 나오기도 하고 늦게 나오기도 한다. 오늘 나올까 내
일 나올까 그래 봤자 하루 이틀 차이인데 매번 스케줄을 받을 때마다 왜 빨
리 나오지 않을까 궁금해진다. 그럴 만도 한 것이 한 달의 스케줄이 어떻게
나오느냐에 따라 30일간의 일정이 설렘이 될 수 있고 압박이 될 수도 있기
때문이다. 아무튼 항공 스케줄에는 승무원들을 기대하게 만드는 묘한 매력

이 있는 것만은 분명하다.

"아, 뭐야. 이번 달은 완전 꽝이잖아."

뉴욕, 워싱턴, 로스앤젤레스 마치 미국 순회공연을 떠나는 밴드의 스케줄을 보는 것 같다. 게다가 장거리 비행 중간 중간에는 일본과 중국에서 도착하자마자 바로 떠나야 하는 국내 퀵턴 비행이 모두 새벽에 걸려 있었다. 더 얄미운 것은 그마저도 연달아서 오종종히 모여 있어 스케줄을 보는 순간 머리가 아찔하고 부담감이 이만저만 아니다.

이번 달에 들어 오늘이 첫 번째 퀵턴 비행이다. 새벽에 일어나야 하는 부담 때문에 괜히 며칠 전부터 밤잠을 설쳤다. 자다 깨다 알람 시계를 몇 번이나 흘겨보며 잠들기를 반복했다. 이리 뒹굴 저리 뒹굴, 여간 불편한 잠이 아닐 수 없다. 더욱이 장거리 비행을 다녀온 직후의 비행이라 미처 시차 적응이 되지 않아 더 힘들다. 미국 비행은 보통 3박 4일이 기본이다. 미국에 도착해서 단 며칠 밤만을 머물렀지만 몸은 이미 미국의 시간대에 적응해 있다. 다시 우리나라의 시간대로 돌아오는 데에는 약 4~5일의 시간이 소요된다고 한다. 하지만 장거리 비행 후 승무원에게 부여되는 휴무일은 겨우 이틀에 지나지 않는다. 그래서 승무원은 저마다 시차 극복을 위한 나름의 방법을 하나씩 가지고 있다. 한 후배는 낮에 절대로 잠을 자지 않고 몸이 피곤하도록 돌아다니며 참고 참았다가 이른 저녁에 잠을 자면서 시차를 맞춰나가는 방법이 최고라고 말한다.

아침잠이 많은 나는 알람 시계를 사 모으는 버릇이 있다. 알람 시계가 네 개나 있는데도 말이다. 배터리가 나가버리는 것은 아닐까? 잠결에 꺼버리는 것은 아닐까? 이런저런 걱정에 시계마다 얼마간 간격을 두고 침대 옆에 하나, 책상 위에 하나, 방문 밖에 하나 이렇게 만반의 준비를 해놓는다. 자, 그럼 내일의 비행을 위해 일찍 자볼까. 하지만 과연 내 비행 역사상 마음 편히 잔 날이 며칠이나 될까? '못 일어나면 어떡하지?'라는 걱정은 이불을 덮고 누워서도 끝나지 않는다.

일찍 잠들겠다고 마음먹고 이른 저녁부터 침대에 눕는다고 해도 사정은 달라지지 않는다. 잠은커녕 오히려 더 정신이 말똥말똥해진다. 왜 배까지 고픈 것인지 떡볶이, 라면, 자장면, 치킨이 눈앞에서 왔다 갔다 한다. 식구들이 잠든 새벽에 냉장고 문을 열었다 닫았다 하며 결국 혼자서 이것저것 꺼내 왕창 먹어버린다.

시차가 뒤바뀌면 인간의 생체리듬은 한순간에 깨진다. 자야 하는데 잠은 오지 않고, 결국 새벽에 일어나 고픈 배를 폭식으로 달래는 것은 엄청나게 괴로운 일이다. 원상 복귀에도 시간과 인내가 필요하다. 따라서 승무원에게 건강과 철저한 자기 관리는 필수 사항이다. 제대로 숙면하지 못하고 비행을 한다면 여러 문제점이 발생한다. 최악의 컨디션으로 공중에서 육체노동을 하다보면 어지러워서 쓰러지기도 하고 몸이 아프기도 한다. 공중은 낮은 기압으로 인해 노동력의 소모가 지상보다 세 배에 달하기 때문이다.

새벽부터 선잠으로 지새운 얼굴은 푸석하고 눈은 빨갛다. 승무원은 고객과 직접 만나는 서비스업이기 때문에 대면 호감도가 중요하다. 눈 밑에 다크서클이 생긴 채로 대한다면 과연 손님이 마음 편히 서비스를 즐길 수 있을까. 최대한 깔끔하고 세련된 모습을 보이기 위해 스프레이와 젤로 머리를 고정하고, 말끔히 다려놓은 유니폼을 갈아입는다. 전쟁터에 나가는 군인이 총과 총알을 챙겨 무장하듯, 승무원 역시 스스로를 무장해서 고객이 200퍼센트 만족할 수 있는 서비스를 제공해야 한다. 그것이 고객을 향한 서비스 마인드의 시작이다.

수십 억보다 소중했던 만 원의 행복

오늘 내 담당 듀티는 CRC zone R side *이다. 사무장이 PA Passenger Address **를 통해 "전 승무원 보딩 스탠바이!" 하고 외친다. 그것에 맞추어 승무원들은 승객 좌석과 기내 통로 Aisle 사이에 반씩 걸쳐 선다. 승객들이 우르르 들어오자 "안녕하십니까? 어서 오십시오. 손님, 반갑습니다" 하고 탑승 인사를 하면서 좌석 안내와 짐을 올리는 일을 돕는다.

항공기 출입문을 닫는다는 방송이 나오고, 그와 동시에 승객 탑승이 완료되었음을 감지한다. 사무장의 방송이 다시 나온다.

"All cabin crew Door Side Stand-By, Safety Check!"

항공기의 주 출입문을 닫고 나면 그 비행기는 비상체제에 대비하게 되어 있다. 모든 비상구를 비상시 승객 탈출용 미끄럼대가 나올 수 있는 팽창 위치 Armed Position로 변경해놓는다. 이것을 세이프티 체크 Safety Check 또는

* C zone R side의 약자. 비행기의 앞머리를 기준으로 왼쪽(Left)은 L side, 오른쪽(Right)는 R side라고 지칭하며 CR의 경우 R side의 C구역을 의미한다.

** 인터폰 겸용의 기내방송 장치로, 기내에서 전 승무원에게 스피커로 방송한다.

*** 기내에서 PA를 통해 승객들에게 비행에 관련한 모든 안내를 하는 것을 기내방송이라고 하고, 환영 인사가 시작되는 것을 웰컴방송이라고 한다.

슬라이드 체크Slide Check라고 한다. 비행기가 목적지에 도착한 후 항공기의 출입문을 열기 전에 다시 정상 위치 Disarmed Position로 반드시 전환한다. 각자의 위치 구역의 슬라이드Slide 변경을 잘했는지 맨 뒤에서부터 순서대로 수신을 보낸 후, 기내방송 담당 승무원의 웰컴방송Welcome Announcement★★★에 맞

추어 탑승 인사를 하기 위해 담당 구역 맨 앞에 선다. 승객들의 얼굴이 찬찬히 들어온다. 아기와 함께 탑승한 손님, 젊은 부부 승객, 외국인 가족 승객, 비즈니스차 출장을 가는 듯한 남성 승객, 나이 드신 멋쟁이 할아버지 승객 등등……. 여러 승객들이 나를 쳐다보기도 하고, 좌석 앞 주머니 속의 책자를 뒤적이거나 신문을 읽기도 한다. 그중에 눈에 들어오는 할아버지 승객이 있었다. 영 마음이 편치 않은 듯 여기저기 두리번거리는 모습이 불편해보였다.

"안녕하십니까? 제가 오늘 담당할 승무원입니다. 불편하신 점이 있으시면 언제든지 말씀해주세요. 읽을거리라도 가져다 드릴까요?"

"아니 괜찮아, 눈 아파."

"제가 여기 담당 승무원입니다. 필요하신 게 있으시면 언제든지 말씀해주세요."

그렇게 할아버지와 첫 대면을 했다. 할아버지는 미국에 있는 아들과 손자들을 만나고 서울로 돌아가는 길이라고 했다. 혼자만의 귀국길에 힘들고 불편하고 답답해할 모습이 눈에 선했다. 젊은 사람도 좁은 기내에 오래 앉아

있으면 힘들다. 다리도 붓고 소화도 되지 않고 특히 노인 승객들은 잠이 없어 많이 지루해한다.

식사 때도 신경이 쓰였다. 기내식은 트레이Tray라는 쟁반에 주 요리와 전채요리, 디저트, 물 그리고 커틀러리Cutlery(포크, 나이프, 수저 등)로 이루어져 있다. 그날의 주 요리는 비빔밥과 쇠고기 요리였다. 비빔밥은 포장밥과 나물에 비닐 포장된 고추장과 참기름을 짜 넣어 비벼서 국과 반찬과 함께 먹을 수 있도록 세팅되어 있다. 연령층이 높은 승객들은 손이 무뎌져 비닐 포장된 참기름이나 고추장을 뜯기 힘들고 포장밥의 비닐 뚜껑도 찢기 힘들기 때문에 직접 포장을 열어 비벼드렸다. 할아버지는 고마워했지만 스튜어디스라면 당연히 해야 할 일이었다. 그리고 외할머니 생각에 할아버지에게 더 마음이 간 것 같다. 우리 할머니, 할아버지라고 생각하면, 내 가족이라고 생각하면 모든 서비스는 즐거워지는 것 같다.

지루한 장거리 비행 중간 중간에 말벗이 되어주고, 달달한 커피도 타드리고, 입국에 필요한 서류도 대신 쓰고, 잠시 주무시는 동안에 담요도 덮어드렸다. 그러면서 어느덧 도착이 가까워졌다. 모든 승객에게 하기인사를 할 시간이다. 눈을 마주쳐주는 승객과 특별한 교감이 있었던 승객, 어린이 승객, 상용 승객에게 인사를 한다.

"오시는 동안 불편한 점은 없으셨습니까? 많이 피곤하시지요? 다음에도 또 모시겠습니다. 댁까지 조심해서 들어가십시오."

인사를 하고 돌아서는데 할아버지가 손짓으로 나를 불렀다. 부름을 받고 가보니 말없이 손에 무언가를 쥐어준다. 얼떨결에 받은 그것을 살펴보니 여러 번 접어 조그맣게 만든 만 원짜리 지폐 한 장이었다.

"어머, 이러시면 안 됩니다."

"아니 내가 너무 고마워서…… 덕분에 아주 편하게 와서 그래. 이거 자장 면사 먹어."

"제가 당연히 해야 할 일을 한 건데요. 마음만 받겠습니다. 맛있게 먹은 걸로 하겠습니다."

"에끼, 할아버지가 주는 건데 그러면 쓰나."

야단을 치는 통에 하는 수가 없었다.

"네. 그럼, 저희 할아버지께서 주신 걸로 생각하고 감사히 먹겠습니다."

승무원은 기내에서 팁을 받지 못하게 되어 있다. 하지만 이 경우에는 나이 드신 어르신이 무안해할 수 있기 때문에 극구 사양하기에는 무리가 있다. 그래서 할아버지의 성의를 기분 좋게 받았다.

그날 비행을 마치고 함께 일한 동료 몇 명과 자장면을 사 먹었다.

만 원의 행복! 생각지도 않은 할아버지가 주신 꼬깃꼬깃 접은 만 원 한 장으로 나는 세상에서 제일 맛있는 자장면을 먹었다. 배보다 배꼽이 크다고 했던가? 군인 다음으로 먹성 좋기로 유명한 승무원들 몇 명이 이것저것 시켜 먹다보니 돈은 더 들었지만 기분 좋은 비행의 마침표였다.

서비스에 만족하는 승객들을 볼 때마다 나는 늘 배가 부르다. 내릴 때 내 손을 잡으며 너무 고마웠다고, 수고가 많았다고, 잘해줘서 즐거운 여행이 되었다고 진심이 느껴지는 인사말을 건넨다. 그럴 때마다 기분 좋고, 스튜어디스로서 마음이 뿌듯해진다. 아무래도 이 일을 하기를 잘한 것 같다. 일이 즐거웠기 때문에 아마 18년이라는 짧지 않은 시간 동안 '비행 소녀'의 생활을 유지할 수 있었던 것이리라.

승무원은 승객을 응대할 때
다소 대화가 길어지면 무릎
을 꿇고 승객의 눈을 맞추는
눈높이 서비스를 한다.

승무원들은 비행기에 탑승하기 위해 입국 수속Immigration*을 받고 탑승 게이트로 이동한다. 게이트에 도착하면 그날 비행할 비행기에 탑승해서 비행 준비를 한다. 아, 그런데 브릿지Bridge**에 연결되어 있어야 할 비행기가 없다. 로마에서 들어오는 비행기를 우리가 타고 다시 나가야 하는데 항공기 연결 관계로 늦어졌단다. 10분 후에 견인차Towing car***로 끌고 온다고 한다. 가뜩이나 준비할 것이 많아 바쁜데 시간이 부족해서 마음이 급해진다.

보통 국제선 승무원의 비행기 탑승은 출발 시각 한 시간 전에 시작된다. 승객 탑승은 출발 시각 30분 전에 시작되기 때문에 30분 만에 기장과 전 승무원이 운항 브리핑을 하고, 비상 보안 점검과 물품 체크, 기내 정돈, 서비스 준비를 모두 마쳐야 한다. 그런데 비행기 연결이 늦어져서 주어진 30분을 활용하지 못하는 경우가 빈번하다.

오늘도 '널뛰게' 생겼다! 짧은 시간 안에 해야 할 일은 정해져 있고, 엄청나게 바쁠 것이 예상될 때 승무원 사이에서는 이런 표현을 쓴다. 비행기가 폭설이나 기계적 결함 등으로 한참 지연될 경우를 빼고 승객 탑승 시간은 거의 변동되지 않는다.

이렇게 여유 없이 시작된 장거리 비행은 준비해야 할 업무 순서와 절차 때문에 마음이 분주해진다. 승무원들은 각자의 담당 구역에서 맡은 바 임무를 해야 된다. 그 순서별로 정해진 크고 작은 업무 중에서 본인이 해야 할 한 가지 부

* 공항의 출입국 절차인 CIQ의 하나로, 세관 통과(Customs), 입국 수속(Immigration), 검역(Quarantine)을 통칭해 부르는 말이다.

** 항공기와 게이트를 연결하는 통로

*** 항공기가 자체적으로 후진할 수 없으므로 견인차가 뒤에서 끌어 진행할 수 있게 도와준다.

분이라도 준비되어 있지 않으면 영락없이 선배에게 한 소리 듣기 마련이다.

"미영 씨, 화장실 세팅했어요? 유진 씨, 기물 체크했어요? 베버리지 칠 링 Beverage chilling* 되었나요?"

전쟁터를 방불케 할 만큼 이리 뛰고 저리 뛰고 일분일초의 시각을 다툰 다. 밀 체크 Meal Check** 를 담당하는 승무원은 비행기의 어퍼 데크 Upper Deck 에서 메인 데크 Main Deck*** 까지 앞뒤로 왔다 갔다 하며 빠른 시간 안에 신속 하게 체크해야 한다.

"특별식 Special Meal**** 잘 확인해야 돼요."

그리고 기내 판매 담당 승무원은 수많은 캐리어 박스 Carrier box***** 와 카트를 열고 닫으며 탑재된 면세물품인 술, 담배, 화장품, 초콜릿 등을 재고 조사 Inventory****** 한다.

부사무장은 승객 안전을 위해 상영할 안전 비디오를 체크하고 전체 비행 기 탑재 물품을 총체적으로 점검한다. 사무장은 전 비행 기록을 점검하면서 객실 전체에 고장 난 사항은 없었는지, 청소 상태는 잘되었는지, 비상 안전

* Beverage는 음료 전체를 통칭하는 말로, Beverage chilling은 음료를 차게 하는 것을 말한다.

** 탑재된 기내식을 그날의 탑승객 수에 비례해서 정확하게 탑재되었는지 확인하는 절차로, 기 내식 담당자와 승무원이 함께 점검한다.

*** Upper Deck(U/D)는 항공기의 이층 칸을, Main Deck(M/D)는 일층 칸을 말한다.

**** 종교, 건강, 인종, 문화적인 이유로 정규 기내식을 수용할 수 없는 고객과 유아 및 어린이 를 위한 특별식. 항공기 출발 스물네 시간 이전에 신청해야 한다.

***** 항공기 내의 전용 문이 달린 개폐 형식의 운반 박스로, 서비스 기물 및 기내 탑재 용품 을 담는다. 항공기까지 운반되어 갤리에 탑재된다.

****** 기내에 탑재된 다양한 상품을 목록에 맞춰 숫자와 물품을 파악하는 일

에 문제는 없는지, 비행기 구석구석을 체크한다.

이때의 스튜어디스는 승객들이 비행기 탑승 후에 대면하는 점잖고 우아한 태도와는 정반대의 모습을 상상하면 된다. 짧은 시간 안에 승객을 맞이할 준비를 하고 점검을 해야 하기 때문에 민첩하면서도 분주하게 객실을 뛰어다닌다.

백조는 수면 위에서는 우아하지만 아래에서는 볼품없이 허우적거리고 있다고 했던가. 마치 승객 탑승 직전의 승무원의 모습 그대로다. 사무장은 최종적으로 준비가 완료되면 기장에게 승객 탑승 준비 상황을 알리고 출발을 담당하는 직원에게 탑승을 지시한다.

'아, 이제 준비 완료. 사실 완벽한 완료는 아니지만…….'

충분히 준비한 후에 승객 탑승을 하면 출발 시간이 늦어지기 때문에 어쩔 수 없이 동작을 멈추고 탑승을 시작한다.

이때부터는 언제 그랬냐는 듯 백조처럼 우아한 모습으로 탈바꿈한 뒤 승무원 모두 각자의 위치에서 보딩 스탠바이를 한다. 상위 클래스 승무원 및 이코노미 갤리 담당 승무원은 사무장에게 SHR*을 전달받는다. 오늘은 이분들이 탑승하는구나. 연예인도 있네, 이 사장님은 MMC**손님이네, 탑승 인사를 멋지게 해서 기선 제압을 해야지. 혼자 가는 꼬마 손님도 있고…… 이렇게 특별한 보살핌이 필요한 손님과 사회적으로 인지도 있는 VIP 승객

* Special Handling Request의 약자로, 특별히 주의를 요해야 하는 승객을 말한다. VIP, 환자, 장애자, 혼자 탑승한 어린이 승객 등 특별한 승객들을 중심으로 그날 탑승한 모든 승객의 정보를 운송부 직원에게 받는다.

** Million Miler Club의 약자로, 100만 마일 이상의 사용 실적을 가진 승객을 말한다. 각 항공사에서는 상용 고객 우대 제도를 통해 탑승 거리와 이용 횟수에 따라 마일리지를 누적해서 보너스 항공권 및 다양한 혜택을 부여한다.

이 많은 날은 마음이 더 바쁘다.

VIP나 항공사를 많이 이용하는 승객들 중에는 까다로운 손님도 간혹 있다. 누구든 대접받기를 원하고 특별한 사람으로 관심받기를 원하기 때문에 자칫 소홀했다가는 컴플레인으로 연결되어 마음도 불편하고 골치 아픈 일이 벌어지기도 한다. 이것저것 연이어 꼬투리를 잡혀가며 열 시간 넘게 가는 비행은 그야말로 가시방석에 앉은 것처럼 힘들다.

스튜어디스는 준연예인이라고도 한다. 우선 스튜어디스는 유니폼으로 사람들의 이목을 끌고 많은 사람들에게 관심을 받는 것은 물론, 여성들의 선망의 직업이기 때문이다. 하지만 겉모습과는 다른 면도 많다. 겉모습은 화려하고 우아하게 단장하며 카트를 끌고 멋있게 다니는 것처럼 보이지만, 체력적으로도 정신적으로도 힘든 직업이다. 늘 불특정 다수의 사람을 상대해야 하기 때문에 정신적으로 피로하고, 장시간 서서 식음료 서빙과 갤리 작업을 하기 때문에 육체적으로도 상당한 에너지가 필요하다. 또한 쏟아지는 잠을 쫓으며 밤을 새우고 일을 하다보니 생체리듬이 깨지고 시차를 극복하고 감수하는 일도 신체에 무리를 준다.

보통의 의지나 열정, 정신력을 갖고는 하기 힘든 직업이다. 지금도 스튜어디스들은 우아한 백조의 모습을 지키기 위해 항공사를 대표하는 사람으로서 강인한 정신과 체력, 자부심과 실력을 쌓으며 부단히 노력하고 있다.

항공 서비스는, 항공기 및 그 제반 운용에 필
요한 물적 서비스인 하드웨어와 승객의 기
대와 욕구를 충족시키는 인적 서비스인 소프트웨어의 조화라고 할 수 있다.
항공운송 서비스는 모든 단계에서 완벽할 때 비로소 고객 만족으로 평가된
다.

각 서비스 단계마다 긴장을 늦추지 않고 완벽히 해야만 승객들이 만족에
만족을 거듭하고 곱셈의 법칙이 작용해서 최상의 서비스로 승화하는 것이
다. 반대로 서비스 곳곳에서 불만이 발생할 수 있다. 그리고 일단 불만이 발
생하면 서비스를 회복하기란 쉽지 않다.

승객은 탑승을 시작하면서부터 서비스를 평가한다. '첫인상이 중요하
다'라는 말이 있듯이 첫 이미지로 기선을 제압해서 고객에게 기분 좋은 시
작을 알린다. 첫 평가부터 시작해 이륙 전까지의 서비스, 이륙 후 시작되는
서비스 절차Service Procedure*에 따른 매 단계 그리고 착륙한 후의 하기인사
와 마무리까지 어느 하나 소홀할 수 없다. 서비스의 연속인 항공 서비스는
비행기가 목적지에 도착해서 승객이 모두 내리고 나서야 마무리된다.

객실 브리핑을 할 때, 팀원들의 서비스 마인드를 확립하고 동기를 부여
하기 위해 종종 하는 말이 있다.

"서비스를 100이라고 가정할 때, 100에서 1을 빼면 얼마일까요? 그 답
은 99가 아니라 '0'입니다. 우리가 1퍼
센트라도 소홀히 한다면 그 서비스는
제로가 되고, 고객들은 만족하지 못합
니다."

*각 노선의 특성에 따라 서비스해야 할 수
순에 맞춰 절차화한 것. 일관성 있는 서비스
를 진행하기 위함이다.

서비스의 모든 절차와 단계 중 한 부분이라도 승무원의 실수가 있었거나 잘못되었을 경우 그 서비스는 말짱 꽝이 되고 만다. 애써 쌓은 공든 탑이 무너져버린 심정을 알 것 같다.

한번은 이런 일이 있었다. 열세 시간을 날아오면서 만족스러운 서비스에 승객들도 승무원도 기분 좋게 비행을 마무리할 무렵이었다. 그런데 마지막 내리는 시점에서 한 승무원으로 인해 서비스가 제로가 되었다. 한 승객이 탑승할 때 특별히 보관해달라는 물품이 있었는데 오랜 시간 비행하다보니 물품을 보관했던 승무원이 그만 잊어버린 것이다. 손님은 승무원이 내리기 전에 가져다줄 것으로 믿고 아무 말 없이 기다리고만 있었다. 그 승무원은 본인만 아는 곳에 물품을 잘 보관해두었고 같이 근무하는 선배 승무원이나 동료에게 그 사실을 알리지 않았다. 비행기의 담당 구역 일들은 사소한 것이라도 보고해서 공유하는 것이 규정이다. 장거리 비행 때는 승무원이 교대로 쉬기도 하기 때문에 커뮤니케이션이 되지 않으면 작은 사고가 발생하고 그것이 승객의 불만으로 이어지기 때문이다. 손님이 맡겨놓은 틀니나 콘택트렌즈를 갤리 안에 잘 보관해두었는데, 이를 공유하지 않아 벙크에서 휴식을 취하고 온 승무원이 무엇인지 모르고 그만 버린 일도 있다. 그 때문에 고양이처럼 쓰레기통을 뒤지기도 했다. 승객의 경우, 타지에서 치아와 눈이 없으면 활동할 수 없기 때문에 당연히 불만이 생길 수밖에 없다.

짐을 어디에 보관했는지 몰라 서로 찾는 과정에서 짐을 맡긴 승객은 화가 많이 나 노발대발했다. 어떤 승무원이 짐을 받았는지 모르는 상황이기 때문에 진위를 확인하다보니 시간은 더 지체되었고, 공교롭게도 물건을 보관해놓은 승무원의 자리는 맨 뒤의 점프 시트였다. 승객은 고래고래 소리를 질렀다. 다른 손님들은 다 내리고 있는데 혼자 내리지 못하니 화가 단단히 난 것이다. 버스든 비행기든 도착하면 서로 먼저 내리려고 하는 게 사람의 심리 인데 물건이 어디 있는지도 모르니 당연히 화가 날 수밖에 없었을 것이다.

사무장은 승객에게 거듭 사과했고, 담당 승무원들은 망쳐버린 그날의 서비 스에 고개를 숙여야만 했다. 만약을 대비해 누구에게든 보고하거나 공유했다 면 이런 실수가 발생하지 않았을 것이다. 이렇게 완벽하지 못한 서비스는 열세 시간을 날아온 팀 전원을 김빠지게 하고, 본인도 자책감에 휩싸이게 된다.

항공 서비스는, 전화 예약을 시작으로 예약 접점 직원의 친절함에서부터 탑승 수속, 수하물 처리, 비행기 탑승, 기내 서비스, 기장의 운항 서비스, 도 착 후 수하물 수취, 연결편 승객의 처리 서비스 등 각 요소들이 하모니를 잘 이루어야 고객에게 만족을 줄 수 있다. 객실 승무원과 운항 승무원, 기술직, 정비직, 일반 사무직 직원들 저마다 업무는 다르지만 가슴에는 모두 태극 마크를 달고 대한민국 '국가대표'라는 자부심과 책임감을 느끼고 맡은 부분 에 대한 안전한 업무 수행과 서비스 이행이 있어야 한다.

가끔 있는 일이지만, 씩씩거리며 기분이 상해서 탑승하는 승객들이 있 다. 그러고는 타자마자 "너희들 말이야, 그러면 안 돼. 내가 가만히 안 있을 거야. 이름도 다 적어놨어. 어떻게 항공사 직원이 그런 식으로 말할 수 있 어" 하고 계속해서 쌓인 것을 풀어놓는 경우가 있다. 지상에서 탑승 수속을 하던 중에 회사 직원과 마찰이 있었던 것이다.

이처럼 첫 대면부터 어이없이 한 방 맞고 시작하는 서비스가 낯설지는 않다. 하지만 처음부터 이렇게 시작하면 앞으로 남은 시간 동안 어떻게 기

비행을 마친 후에는 디 브
리핑(De Briefing) 시간을
갖고 특이 사항이나 고객
불만, 보고 사항을 전달하
며 비행을 마무리한다.

분을 풀어드려야 할지 난감하다. 그래서 무조건 사과하고 그 승객의 마음을 이해해하려고 한다.

"네, 죄송합니다. 저희가 백배 사죄드리겠습니다. 많이 불편하셨겠어요. 손님의 말씀이 맞습니다. 네, 이해가 갑니다. 저희가 대신 잘 모시겠습니다. 특별히 신경 쓰겠습니다."

이렇게 응대하면 고객의 마음이 대체로 누그러진다. 그러고는 조금 더 많은 시간과 정성을 들여 서비스를 하면 내릴 때쯤에는 마음이 풀어진다. 하지만 반대로 "저희가 그런 게 아닙니다. 저희는 잘 모르는 일입니다. 다른 부서에서 그런 건데요"라고 한다면 어떻게 될까? 신입 승무원이나 경험이 부족한 승무원은 왜 아무 잘못 없는 우리한테 화를 내나 하고 생각할 수 있다. 그러나 꼭 내 잘못이 아니더라도 자신이 근무하는 항공사에서 생긴 일이기 때문에 남의 일로 전가한다면 그 화는 증폭되고 더 큰 불만으로 확산될 뿐만 아니라 회사 이미지 또한, 나빠질 수 있다.

오케스트라는 한 사람이 내는 음색만으로 전체적인 하모니를 이루기는 힘들다. 각자가 맡은 파트마다 최선을 다하고 조화를 이루어야만 아름다운 선율이 탄생한다. 항공 서비스는 보이지 않는 끈으로 연결된 여러 단계의 다양한 분야의 다른 음색들로 이루어져 있지만 본인이 맡은 부분에서 최상의 음색을 낼 때 아름다운 명연주를 할 수 있는 것이다.

하늘의 홍반장이라고 불러다오!

깔끔한 외모, 단아한 유니폼을 입고 하늘과 공항을 누비는 스튜어디스는 항공사의 꽃으로 불린다. 승무원은 여행길의 처음과 마지막을 함께하며 다국적 승객에게 한국이라는 국가의 이미지를 심어주는 데 결정적인 역할을 하기 때문에 크게는 민간 외교 사절단의 역할도 맡고 있다.

이처럼 중요한 역할을 하는 스튜어디스 생활을 하다보니 어느덧 국제선 팀장으로서 한 비행기를 책임지는 리더가 되었다. 기장은 항공기를 조종하는 안전을 수행하는 막중한 임무를 맡고, 사무장은 그 비행기에서 일어나는 모든 일을 최대한 빨리 상황을 판단해서 민첩하고 기민하게 행동을 취해야 한다. 사무장은 비행기에 함께 타는 17명(보잉 747기의 경우)의 팀원을 이끌고 최종 목적지까지 무사히 멋진 비행이 되도록 지휘해야 한다.

사무장으로 진급한 초기에는 자신감이 넘쳤고 패기와 열정이 가득했다. 하지만 승객들의 요구와 심리가 생각한 것과 다르기 때문에 야기되는 문제들은 상상할 수 없을 정도로 많았다. 그러한 문제들을 얼마나 현명하고 신속하게 대처하느냐에 따라 비행이 쉬워지고 승객도 만족하게 된다. 그러나 반대로 일처리가 잘못되었을 경우, 그 일이 꼬리에 꼬리를 물고 늘어져 승무원을 괴롭히고 승객의 불만도 쌓여간다.

비행기는 기종에 따라 다르지만, 장거리 노선의 경우는 300~400명에 달하는 승객을 태우고 열 시간 넘게 날아가야 한다. 미국 동부와 중부 쪽의 뉴욕, 애틀랜타, 워싱턴, 댈러스, 시카고는 동절기에는 바람의 영향으로 비행시간이 거의 열다섯 시간에 가깝다. 장시간 밀폐된 공간에서 수백 명의 사람들이 동고동락하다보면 종종 예측할 수 없는 일들이 발생하게 된다.

가장 자주 벌어지는 일이 기내에서 응급 환자가 발생하는 것이다. 항공기 내에서 자주 발병하는 질병은 이코노미 클래스 증후군Economy Class Syndrome 이다. 비행기 내부는 실내 공기가 건조할 뿐만 아니라 기압과 산소 농도도 지상의 80퍼센트 수준에 머물러 있다. 이로 인해 혈중 산소 농도가 떨어지면서 피의 흐름이 둔해져 혈액이 응고되기 쉽다. 몸을 잘 움직이지 못하는 환경적 요인에다 불편한 좌석으로 인해 혈액 순환이 원활하지 않고 이로 인해 이상 현상이 생기는 것이다. 숨이 차고 종아리가 붓고 가슴 통증이나 호흡 곤란, 어지럼증, 심한 경우 심장마비를 일으키게 되고 사망에 이르는 이 증상을 가리켜, 불편한 좌석 등급에 비유해서 일반석 증후군 또는 이코노미 클래스 증후군이라고 한다. 이 질환을 예방하려면, 여덟 시간 장거리 비행을 할 경우 수분을 충분히 섭취하고 두 시간마다 한 번 다리를 굽혔다 펴면서 스트레칭을 한다. 환자가 발생하면 제일 먼저 비행기에 탑승한 의사나 간호사가 있는지 기내방송을 통해 호출Paging한다. 희한하게도 비행기 탑승객 중에는 꼭 한 분씩 의사 선생님이 계신다. 그의 지시에 따라 비행기에 상비된 EMKEmergency Medical Kit*, FAK First Aid Kit**, O₂ Bottle(산소통) 등으로 응급치료를 한다.

* 기내에 응급 환자 발생 시 수술이나 전문적인 의료 장비가 필요할 경우 사용하는 항공 의료 장비. 007가방에 전문적인 의료 장비가 다 들어 있으며 Banyan Kit라고도 한다.

** EMK가 전문 의료 장비라면 FAK는 구급 의료 용품으로 크기가 작고, 기본적인 응급처치 용품인 소화제, 일회용 밴드, 지사제 등이 들어 있다.

승객 중에 의사나 간호사가 없을 경우에는 사무장과 승무원이 의사가 되어 간단한 응급치료나 위급한 경우에는 심폐 소생술을 시행한다.

화장실에서 용변을 보면서 힘을 주다가 쓰러진 승객, 밥 먹다가 이빨이 빠져 피가 철철 나는 어린이 승객, 오랫동안 움직이지 않고 앉아 있다가 몸에 마비가 온 승객, 갑작스러운 어지럼증으로 앞으로 쓰러져 얼굴이 피투성이가 된 승객, 식사 후 잠을 자다가 좌석에 앉은 채 조용히 숨을 거둔 나이 많은 승객 등 종합병원의 응급실처럼 생각지도 않은 다양한 환자가 발생한다.

한 항공사에서는 엄청난 손실에도 불구하고 환자를 위해 다시 출발지로 돌아와서 환자를 살린 내용이 기사화된 적이 있다. 몸이 아픈 소녀를 위해 항공사의 피해를 감수하고 다시 회항해서 '아름다운 회항'이라는 이름으로 알려졌다.

18년간의 비행 동안 얼마나 크고 작은 일들이 일어났는지 돌이켜보면 정말 작은 단편영화 같다. 사람을 다루는 문제에서부터 불가항력적인 문제, 기계적인 문제, 황당한 사건들이 자주 발생했다. 때로는 잘 모르는 기계도 맥가이버처럼 고쳐야 했고, 의사가 되어 환자들을 살리고 돌봐야 했으며, 경찰이 되어 도둑을 잡거나 술꾼들의 술주정을 받아줘야 했다.

기내 도난 사건이 일어난 적도 있었다. 할머니 승객이 외국에 살고 있는 딸에게 줄 뭉칫돈을 가방에 넣어두었는데 그 돈이 없어진 것이다. 당시 1만 달러에 가까운 큰돈이었기에 울며불며 몇 시간 동안 찾아 헤맸다. 결국 승객들에게 파리 도착 즉시 공항에 경찰을 대기시켜 지문 및 소지품 조사를 할 것이라고 알린 후, 할머니를 다른 곳으로 모셔두고 객실 불을 꺼서 어둡게 했더니 겁먹은 누군가가 훔친 돈을 다시 원래대로 돌려놓았다.

　종종 과음으로 술을 더 내놓으라며 난동을 피우고 폭행을 하거나 욕설을 퍼붓는 승객도 있다. 그 외에도 승객들이 서로 시비가 붙어 다툼을 하면 말려야 했고, 고소공포증으로 비행기 이륙 직전에 내리겠다고 소동 부리는 승객을 진정시키고, 휴식을 위해 불을 꺼놓은 비행기 안에서 옆 좌석에 앉은 여성 승객을 더듬어 문제를 일으킨 승객에 대처해야 했으며, 어둠을 틈타 비즈니스 클래스나 퍼스트 클래스에 몰래 들어와 잠자는 승객들을 제지하기도 했다.

　여러 예기치 않는 상황이 발생할 때마다 사무장은 비행기 내에서 해결사가 되어 좋은 결과를 만들어내기 위해 최선을 다해야 한다. 승무원들을 진두지휘해 최상의 결과를 생산해야 한다.

　승무원들은 자신들이 처리하기에 곤란한 비정상적인 상황이 발생하면 달려와 보고한다. "사무장님, 문제가 생겼습니다. 큰일 났습니다" 하고 종종걸음으로 황급하게 달려온다.

　'그래, 이번엔 뭘까? 무슨 일이라도 좋다. 멋지게 해결해주마. 피할 수 없으면 즐겨라.'

　18년간의 비행 생활 동안 수시로 발생했던 사건 사고가 나를 단련시켰던 것 같다.

　처음에는 '아, 또 뭐야' 하며 떨리는 마음이 든 것도 사실이다. 하지만 즐기려고 마음먹은 순간, 두려움이 없어지는 것을 느꼈다. 사무장이라는 리더의 위치에서 사건 사고를 해결하며 스스로를 단련시키다보니 강한 정신과 근성을 갖게 된 것은 사실이다.

이제는 승객의 얼굴과 상황만으로도 그들의 마음과 성격을 어느 정도 파악할 수 있다. 관상쟁이처럼 그 사람의 성향을 맞춘다. 마치 독심술의 대가가 된 기분이다.

'아, 이 승객은 좀 예민하고 까다로운 승객이구나. 담당 승무원에게 주의해서 서비스하라고 해야겠다. 이 승객은 몸이 안 좋구나. 이 승객은 자기를 알아주고 인정해주길 원하는 분이구나.'

이렇게 승객을 미리 파악하고 거기에 맞춰서 응대하면 큰 문제의 발생을 미연에 방지할 수 있고 고객의 만족을 이끌어내기 쉬워진다.

나도 하늘에선 연예인 승무원은 인천국제공항 여객 청사에서 20분 떨어진 객실승무원 운영센터COC, Crew Operation Center로 출근을 한다. 승무원이 출근하면 제일 먼저 해야 할 일이 어피어런스 체크다. 머리와 메이크업은 집에서 일차적으로 하는 것이 규정이지만, 오는 동안 흐트러진 곳은 없는지 다시 정돈하게 되어 있다. 출근하면서 구겨진 유니폼이나 앞치마도 다시 다려서 완벽하게 준비한다. 그 후에는 승무원들이 그날의 비행 편수에 대한 객실 브리핑을 준비한다.

공항에는 승무원을 위해 비행 준비를 포함한 여러 가지를 지원해주는 객실 승무원을 위한 지원 부서가 있다. 이곳에 모여 비행에 필요한 각종 정보를 수집하고 객실 브리핑을 준비하고 회사의 공지사항 및 각종 필요한 서류를 챙긴다. 객실 브리핑은 국제선 비행 출발 두 시간 전에 하기 때문에 그 시간보다 더 일찍 도착해 여유롭게 준비해야 한다.

나는 국제선 팀장을 맡으면서 많은 브리핑을 주관했다. 항상 승무원들이 긴장을 늦추지 않도록 임팩트 있는 여러 방법을 시도했다. 그중에 한 번은 이런 비유를 사용해서 동기를 부여한 적이 있다.

"여러분, 배우는 무대에서 자신의 연기와 기량을 펼칩니다. 승무원도 마찬가지라고 생각합니다. 승무원도 승객이라는 관객들 앞에서 자신의 역량과 서비스 자세, 멋진 태도, 아름다운 표정을 전달하며 감동이라는 공감을 형성하는 것입니다. 오늘 여러분의 무대인 기내 통로에서 승객들에게 멋진 퍼포먼스를 보여주리라 믿습니다."

그리고 스스로 다짐한다. '승무원으로서 투철한 서비스로 무장된 나만의 각본과 시나리오 속에서 기내 통로의 좁고 긴 무대를 멋있게 종횡무진해야겠다' 하고 말이다.

영국의 대문호 셰익스피어는 "인생은 연극이다"라는 명언을 남겼다. 그의 말대로 인생은 한 편의 연극이다. 그러므로 그 연극을 어떻게 만드느냐는 자신의 몫이다. 300여 명의 승객을 책임지는 국제선 팀장으로서 나는 책임을 지고 이 비행기를 이끌어나가야 한다. 승무원은 멀티 플레이어가 되어야 한다. 단순한 서비스뿐만 아니라 안전에서도 문제 해결에 있어서도 완벽한 연기를 펼쳐야 한다. 비행기에서는 예기치 않은 많은 일들이 발생하기 때문이다. 보통은 우리가 예상할 수 있는 일들이 벌어지지만 때로는 상상도 못할 엄청난 일이 발생하기도 한다.

사무장은 하늘의 홍반장이 되어서 최선의 방법으로 문제를 해결하는 모습을 보여야 한다. 그래야 함께 비행하는 승무원들이 신뢰하고 따라온다. 이것이 사무장의 리더십이다.

그렇게 때로는 일인극을 펼치기도 하고, 일인 다역으로 무대에 서서 연기를 펼치기도 한다.

내 무대는 비록 좁고 긴 기내 통로지만 고객에게 감동을 주기에는 충분하다. 그 무대를 어떻게 채워나가느냐는 오직 배우의 몫이고 배우의 사명감에 달려 있다. 나는 그 좁고 긴 무대에서 때로는 좌절하기도 하고 상처받기도 하지만 착륙 후에 승객들이 치는 박수에 힘을 얻고 용기를 얻는다.

"Kiss Me"가 불러온 엄청난 사고

'오늘은 어떤 손님을 만날까' 설레는 마음으로 각자의 탑승 위치에서 스탠바이한다. 이제 서비스의 향연이 시작되는구나. 사무장과 막내 승무원인 주니어 승무원은 비행기의 첫 번째 탑승구 앞인 L1 구역에서 승객을 맞이한다.

"어서 오십시오, 탑승을 환영합니다. 반갑습니다. 좋은 비행 되십시오."

밝고 적극적으로 인사하는 막내 승무원 옆에서 사무장은 절도 있는 미소와 동작으로 승객을 응대한다.

"탑승권을 확인해드리겠습니다. 손님 좌석은 35H입니다. 안쪽으로 들어가십시오."

승객의 탑승이 마무리되고 승객을 환영하는 웰컴방송이 나온다.

"손님 여러분, 안녕하십니까? 오늘도 저희 대한항공을 이용해주셔서 감사합니다. 이 비행기는 파리까지 가는 대한항공 901편입니다."

항공기 도어만 닫으면 시간은 잘 간다고 했던가. 분주하게 시작된 기내 서비스는 어느덧 파리 비행의 첫 번째 기내식 서비스에 이르렀다.

서양에서는 식사 중에 맥주와 샴페인 그리고 와인을 곁들여 마신다. 술은 식전주, 식중주, 식후주로 나뉜다. 식사 전에 서비스되는 술은 아페리티프Aperitif*라고 하고, 식사 중간에 코스마다 먹는 식중주 그리고 식후주에는 조금 강한 코냑 같은 브랜디나 리큐어로 소화를 돕는다.

요즘은 우리나라에도 식사를 할 때 와인을 곁들이는 문화가 정착되고 있다. 외국인 승객들은 식사할 때 천천히 대화를 나누어가며 식사와 와인을 음미한다. 식사와 함께 즐기며 술을 마시는 것은 좋지만, 문제는 식후에도 계속해서 술을 마시는 것이다. 그 이후로 통제가 안 된다는 것은 말할 것도 없다.

물론 처음에는 조금 마시고 잠든다는 명목 아래 기분 좋게 시작하지만 술이 술을 부르는 모양이다. 그렇게 시작된 술주정은 여러 형태로 다양하게 나타나 승무원을 힘들게 한다.

기내의 모든 식음료는 무료Free of Charge다. 그렇기 때문에 개중에는 식사, 음료, 땅콩, 술 등으로 비행기 값을 보상받으려는 승객들도 있다. 비행기 내에서는 취객 예방을 위해 규정상 술은 세 잔 이하로 제한하고 있다. 그 이

* 식전주를 뜻한다. 식사에 앞서 간단한 음료나 술로 목을 적시고 입맛을 돋운다.

유는 공중에서는 기압 차로 인해 쉽게 취하고, 술에 취하면 다른 승객들의 휴식과 쾌적한 환경을 방해하는 일이 빈번하게 발생하기 때문이다. 하지만 술 제한에도 융통성은 있다. 가령 맥주를 술이라기보다는 음료로 생각하는 독일인들에게는 캔 맥주 세 개를 마셨다고 더 이상 알코올 서비스를 하지 않는 것은 어불성설이다. 또한, 한겨울에는 영하 20~30도의 추위를 견뎌 내는 러시아인들에게 보드카는 몸을 보호하는 응급 처방과 같은 것이다. 이 들에게도 세 잔의 제한 규정을 강요하는 것은 서비스 융통성에 문제가 있으므로 승객의 상황을 살펴보고 조금 더 서비스하기도 한다.

그러나 지나가는 승무원마다 계속 주문해서 야금야금 마셔버린 승객은 그 선을 넘어버린다. 만취한 사람을 통제하기란 참 괴로운 일이다.

술에 취해 기내 바닥에서 잠을 자기도 하고, 비행기 비상구에 서서 소변을 보기도 하고, 술을 더 가져오라며 고래고래 고함을 치기도 하고, 심지어 스튜어드의 귀를 물어버린 승객도 있었다.

그런데 이번에는 후배 승무원이 울먹이면서 내게 왔다. 또 술 때문에 문제가 발생한 것이다. 비즈니스 클래스의 러시아 승객이 와인을 마시고 본인이 가져온 보드카까지 몰래몰래 다 마셔버렸다. 그러고는 승무원에게 술을 더 달라고 조른다는 것이다. 이미 정도가 넘어서 서비스가 어렵다고 말하자 이제는 기내의 면세품 술을 사겠다고 돈을 내밀며 생떼를 부린다는 것이었다. 비즈니스 클래스 담당 승무원 두 명과 부사무장이 돌아가면서 그 승객과 한참을 실랑이했다. "술을 더 못 준다는 규정이 어디 있느냐. 보여달라. 너희 회사에 정식으로 컴플레인하겠다"라고 하며 항의했다. 아무리 설득해도 술에 취했기 때문에 대화가 되지 않았다.

결국 그 승객은 결정적인 사고를 터뜨렸다. 덩치가 산만 한 러시아 승객이 비즈니스 클래스 주니어 승무원의 손을 덥석 잡고 귀에 가까이 대고는 "Kiss me" 하며 속삭인 것이다.

승객들의 휴식을 위해 기내 조명을 껐기 때문에 어두운 가운데 만취한 승객의 음흉한 행동으로 주니어 승무원은 겁을 먹고 당황해서 내게 달려왔던 것이다. 나는 바로 승객에게 갔다. 그리고 다짜고짜 "Give me your passport, please(손님, 여권 좀 주시겠어요?)" 하고 말했다. 당연히 줄 리 만무했다. 나는 절도 있는 어조로 그에게 말했다.

"저는 이 비행기를 책임지고 있는 사무장입니다. 손님에게 더 이상 술을 서비스할 수 없습니다. 기내 면세품으로 술을 사고 싶다면 내릴 때 전달해 드리겠습니다. 손님은 비행기에서 술을 너무 많이 드셨습니다. 그것은 손님의 말과 행동이 증명하고 있습니다. 왜 우리 승무원의 손을 잡고 'Kiss me' 라고 하셨나요? 그것은 명백한 성희롱입니다. 성희롱은 엄연한 범법 행위지요. 저는 조종실에 들어가 기장과 함께 위성 연락Radio Contact을 해서 파리 공항경찰대를 출동시키겠습니다. 손님은 도착 즉시 경찰에 인계될 것입니다. 빨리 여권을 주십시오."

사실 여권을 빼앗을 권한이나 규정도 없으면서 겁을 주려고 임기응변으로 요구했을 뿐이다. 지금 생각해도 그때는 영어도 잘 나왔고 기세당당했던 것 같다.

그러자 소동을 피우던 승객은 180도로 바뀌어 고분고분해졌다. 아마 술이 확 깼던 것이 분명하다. 그리고는 사죄했다. 나뿐만 아니라 주니어 승무원에게 가서 갤리 바닥에 서양식으로 무릎을 꿇었다. 그리고는 사과를 받아

달라고 하면서 계속 일어나지 않았다. 주니어 승무원은 이번에도 "사무장님 어떻게 해요" 하고 난감해 했다. 씩 웃으며 눈짓을 주자 주니어 승무원이 승객을 일으켜 세웠다. 그러자 그는 자기 자리로 가서 조용히 눈을 감고 잠들었다.

술이 원수지 사람이 나쁜 것은 아니라는 것을 알지만 공중에서는 지상에서보다 몇 배로 빨리 취하기 때문에 승객들은 자기 조절이 가능할 만큼만 마셔야 하고, 승무원들도 승객이 만취하기 전에 센스 있고 자연스러운 방법으로 미리 막아야 한다. 물론 쉬운 일은 아니지만 취객이 발생하면 몇 배로 피곤해지기 때문에 미연에 방지하는 것이 상책이다.

그 소동 이후 비행시간은 다섯 시간 정도가 더 남아 있었지만 러시아 승객은 조용히 숨소리도 내지 못한 채 얌전히 그 시간을 채웠다. 재미있게도 그 승객은 내가 그쪽을 지나갈 때마다 황급히 눈을 감고 잠든 척을 했다. 사무장이 비행에서 일어나는 일들을 어떻게 해결하느냐에 따라 상황이 쉽게 혹은 더디게 종료될 수 있기 때문에 문제 해결 능력은 굉장히 중요하다. 항상 똑같은 일이 발생하는 것도 아니고 또한, 교본이나 예시도 없다. 오로지 리더의 지혜와 용기, 자신감과 경험 등이 총체적으로 합쳐져서 나오는 것이다.

승무원을 꼼짝 못하게 하는 고객 불만 카드

승무원에게 가장 스트레스를 주는 것은 무엇일까? 그것은 바로 고객의 불만이다. 사람의 욕구와 심리가 다양하고 복잡하다보니 여러 요구에 미흡하게 대처하거나 오해가 생겨 고객의 불만이 발생한다. 승무원의 생각이나 행동 혹은 말이 잘못 전달되어 고객의 기분을 상하게 하는 것이다. 승무원에 대한 고객 불만을 순위별로 나열해본다면 다음과 같다.

1. 승무원의 태도와 표정
2. 주문받은 것을 잊어버림Order Missing
3. 기내 면세품 판매 중에 물건이나 시간이 부족해서 구입하지 못한 것에 대한 불만
4. 원하는 음식을 먹지 못했거나 식사가 늦은 것에 대한 불만
5. 항공기 서비스 용품이 고장이거나 상위 클래스 물품을 미지급한 것에 대한 불만

고객의 불만 사항을 접하다보니 승무원과 사무장은 본의 아니게 "죄송합니다"를 입에 달고 사는 것 같다. 고객이 불만을 표시하거나 고객 불만 카드Complaint Letter를 달라고 한 순간부터 승무원은 얼어붙는다. 그 순간 머릿속에는 슬로비디오처럼 불만이 발생하기 직전의 모든 순간이 주마등같이 스쳐 지나간다.

고객 불만을 짐작해볼 수 있는 경우도 있지만 감을 잡을 수 없는 경우도 많다. 가령 서비스 도중 기내식인 한식(비빔밥)이 부족해서 제공하지 못하는 경우가 있다. 그날 비행에 한식과 양식을 선호하는 비율이 맞으면 다행이지만 어떤 날은 쇠고기 요리가 모자라기도 하고, 어떤 날은 비빔밥이 모자라

기도 한다. 비빔밥의 인기가 높은 편이라 비빔밥 탑재 비율이 70~80퍼센트 차지하지만, 어떤 날은 여유분의 식사와 승무원에게 할당된 비빔밥까지 다 제공해도 모자라는 경우가 있다.

"밀 초이스Meal Choice에 따른 고객에게 사죄하기! 아, 또 식사 때문에 컴플레인이 들어오겠구나."

이것은 승무원이 일상적으로 겪는 딜레마다. 그럴 때면, "손님, 대단히 죄송합니다. 타지에서 한식을 드시지 못해 비빔밥을 드시고 싶을 텐데 수량이 떨어졌습니다. 양식 요리에 밥과 고추장을 추가로 서비스해드리겠습니다. 오쥬 소스Au jus sauce를 곁들인 쇠고기 요리가 일품입니다. 이번에는 한식을 제공하지 못하지만, 대신 두 번째 식사에는 손님이 먼저 선택할 수 있도록 하겠습니다" 하고 승객에게 양해를 구한다. 대부분의 승객은 이해해주지만 간혹 어떤 승객들은 "사무장 오라고 그래. 내가 내 돈 주고 탔는데 서비스가 뭐 이래. 내가 거지야, 남은 거 먹게⋯⋯" 하며 한바탕 소동이 일어나기도 한다. 사무장과 승무원은 남은 열 시간의 비행 내내 성난 손님의 기분을 풀어주고 사죄하면서도 또 다른 눈치를 본다. 비행기에서 성난 마음을 풀고 끝나면 다행인데 서울로 돌아와 인터넷에 불만을 올리는 것이다. '승무원과 사무장의 대처가 미흡했다', '승무원들의 표정이나 자세가 나쁘다'라는 불만이 비빔밥 사건과 함께 인터넷에 오른다. 그러면 고객의 소리 Voice of Customer를 담당하는 고객 서비스팀에서 조사가 시작되고 잘잘못을 따지게 된다.

때때로 고객의 불만에 대처하기란 여간 당혹스러운 것이 아니다. 승무원들은 사건이 있은 후 바로 다른 비행을 하기 때문에 1~2주가 지나서야 접수

된 고객 불만의 진상을 파악하게 된다. 사건에 대한 기억도 가물가물하고, 갑자기 뒤통수를 얻어맞은 것 같은 기분이다. 억울하지만 증명할 방법이 없다. 승무원의 근태와 관리를 하는 부서에서도 난감한 것은 마찬가지다. 승객의 말과 승무원의 말이 서로 다르고 승객의 불만에 회신이나 사후 처리도 해야 하기 때문에 담당 승무원과 사무장에게 책임이 전가되는 것이 사실이다.

나 역시 비행 중에 크고 작은 컴플레인이 있었다. 예를 들어, 이코노미 클래스 승객이 상위 클래스 좌석을 점유하는 경우가 있다. 기내에서 좌석 승급은 금지되어 있다. 대부분의 승객들은 그것을 알고 있음에도 돈을 더 내겠다며 혹은 몸이 불편하다는 핑계를 대고 본인들의 주장만 내세운다. 서비스 규정에 따른 제지 때문에 발생되는 불만은 승무원이 불친절하다 또는 권위적이다라는 형태로 표현되지만 결국 자신의 요구가 관철되지 않아 야기되는 문제들이다.

로마에서 돌아오는 비행에서 발생한 컴플레인이었다. 승무원이 난색을 표하며 내게로 왔다. 앞뒤로 앉은 두 명의 승객이 등받이 때문에 싸움이 났다는 것이다. 아무리 설득해도 각자의 주장만 고집하는 상황이었다. 앞자리 승객이 등받이를 크게 젖혀 뒷자리 승객이 불편하다고 하자, 앞자리 승객은 내 권리라면서 식사 시간도 아닌데 왜 그러냐고 항의한 것이다. 뒤에 앉은 승객의 자리는 비행기 구조상 앞자리만큼 젖혀지지가 않는다. 결국 두 승객의 불만을 중재해야 했다. 뒷자리 승객은 이런 비행기를 누가 만들었냐며 자리를 좁혀 한 자리라도 더 팔면 되는 것이냐며 항의했고, 앞자리 승객은 장거리 비행에 충분히 젖힐 수 있는 것 아니냐며 팽팽하게 맞섰다. 죄송하다는 말을 하고, 앞자리 승객에게 양해를 구해 조금만 올려줄 것을 간신히 부탁했다. 그리고 뒷자리 승객에게 괜찮냐는 물음과 함께 죄송하다는 말씀을 드렸다. 두 승객의 자리는 통로를 끼고 3·4·3석으로 이루어진 형태로, 가운데 4석의 오른쪽 통로 좌석이었다. 함께 앉은 4좌석의 앞뒤 줄 여덟 분에게 비행 중 건조할 때 뿌리는 워터 스프레이와 상위 클래스의 아이스크림을 제공했다. 누구는 주고 누구는 안 주면 또 다른 문제가 발생하기 때문이다. 그리고 승무원들에게 불편함이 없도록 신경 쓰라고 지시했다. 마지막으로 내리기 전에 다시 한 번 두 승객에게 사과했다.

며칠 후 회사에서 연락이 왔다. 뒷자리 승객이 컴플레인을 올린 것이다. 그런데 어처구니없게 불똥이 승무원과 사무장에게 튀었다. 내용은 승무원이 앞 사람 편만 들었고, 제대로 대처하지 않았다는 것이다. 뒤통수를 얻어맞은 기분이었다.

컴플레인이 올라오면 해당 사무장과 승무원은 경위서를 제출해야 한다. 비행만으로도 힘든데 고객 불만 카드는 엄청난 스트레스로 온몸을 무겁게 만든다. 경위서를 쓰지만 회사에서는 그 상황을 겪은 것이 아니라서 승무원과 승객의 입장 차이를 증명할 길이 없다. 승객들이 자기 생각을 관철하기 위해 약간의 과장을 한다는 것을 회사도 알고 있지만 때로는 억울하게 시말서까지 쓰게 되는 경우도 발생한다. 시말서는 나중에 진급에도 영향을 미치고 팀 성적에도 마이너스가 된다. 그리고 무엇보다 스스로를 의기소침하게 만든다.

시말서를 순순히 쓰기에는 억울하다는 것을 하늘은 아시는 듯 그 상황을 증명해줄 목격자가 생각났다. 그때 뒷자리 4좌석에는 문제의 승객과 그의 부인 그리고 바로 옆 두 자리에 우연찮게도 어머니와 함께 여행을 다녀오는 제자가 있었던 것이다. 비행 일을 하면서 틈틈이 모교에 가서 강의를 했는데 그 제자가 앉아 있었기에 연락이 가능했다. 목격자 진술서라는 것이 있는데 문제가 발생한 경우에 상황을 증명하고 도와주는 역할을 톡톡히 해서 승무원을 방어해줄 수 있다. 다행히 제자가 컴플레인을 제기한 승객 옆에 앉아 있어서 사건은 해결되었지만 그 외에도 씁쓸한 경우가 많았다.

컴플레인이 발생하면 보통 짐작해볼 수 있는 경우와 전혀 감을 잡을 수 없는 경우, 두 가지가 있다. 가장 무서운 것은 아무 말 없이 있다가 조용히 편지나 인터넷으로 불만을 올리는 것이다. 그것을 컴플레인 아이스버그 Complaint Iceberg*라고 하는데, 말과 행동으로 표현하는 승객은 그 회사를 다시 찾지만 말없이 떠나는 고객은 더 무섭다는 것이다. 그러나 분명한 사실은 승무원은 고객 불만을 제로화하기 위해 최신의 노력을 하고 있고, 무책임하게 행동하지는 않는다는 점이다. 내가 알고 있는 승무원들의 서비스 정신, 서비스 마인드는 투철하다. 간혹 아직 경험이 부족한 승무원들이 실수를 할 때도 있지만, 그러나 승무원들이야말로 실수를 줄이기 위해 그 누구보다 노력한다는 것을 자부할 수 있다.

* 항공사에서 불만을 표출하는 고객은 8퍼센트에 지나지 않고, 그 외에 불만을 품고 말 없이 떠나는 고객이 많다는 점을 설명할 때 '고객 불만의 빙산의 일각', 즉 컴플레인 아이스버그라는 표현을 쓴다.

육체적인 스트레스와 정신적인 스트레스 중
어느 쪽이 더 힘들까?

육체적인 피곤은 잘 먹고 잘 자고 쉬면 해소되지만 정신적인 피곤은 오
래 지속되고 육체적 피로만큼 해소하기가 힘들다는 것을 비행을 하면서 깨
달았다. 한 통계에 따르면 스트레스를 가장 많이 받는 직업이 간호사라고
한다. 밤을 새우면서 병든 환자를 돌봐야 하기 때문에 육체적으로뿐만 아니
라 정신적으로도 힘들다는 것이다. 스튜어디스도 간호사와 비슷한 부분이
있다. 승객을 돌봐야 하고 때때로 밤을 새우며 장시간 동안 서서 일해야 한
다. 하지만 간호사와 같이 큰 상해를 입어 피를 흘리거나 병든 사람들을 마
주하는 것이 아니라 여행 가는 즐거운 사람들을 만나기 때문에 그만큼의 고
충은 아니지 싶다.

승무원 생활을 하면서 느낀 점이지만, 사람을 상대하는 일이란 무척 어
렵다. 스튜어디스를 좋은 시선으로 보는 사람들이 대부분이지만 일부는 좀
다르다. 어떤 승객은 무조건 반말을 하며 심지어는 "야! 이것 좀 치워라" 하
고 하인 부리듯 대하는 경우도 있었다. 어떤 승객은 말없이 엉덩이나 허벅
지를 툭툭 친 후 치우라고 손짓하는 경우도 있다. 200~300명 가까운 사람
들이 있다보니 독특한 승객이 없을 리가 없다. 남을 배려하지 않고 자신만
혹은 자신의 가족만 생각하는 사람들이 많다.

기내식에 불만을 품고 음식을 통로에 던지는 승객, 지상 직원이 옆 자리
를 비워준다고 했는데 왜 외국 승객을 앉혔냐고 항의하며 비행기에서 내리
겠다는 승객, 허리가 아프다는 핑계로 몰래 비즈니스 클래스 좌석에 들어와
잠든 승객, 배가 고프니까 자신에게 먼저 식사를 주고 나중에 서비스를 시작

하라는 승객, 면세품 술을 사야 하는데 왜 자기 앞에서 떨어졌냐며 항의하는 승객, 좁은 좌석을 불평하며 항의하는 승객, 원하는 기내식이 떨어지자 보상을 요구하는 승객, 옆 좌석 손님에게서 냄새가 난다며 만석인 상황에서 자리를 바꿔달라는 승객, 양말을 벗고 앞좌석으로 발을 뻗는 승객, 장거리 비행에 꼭 필요한 귀중한 생수로 세수하고 발 씻고 화장실을 홍수로 만드는 승객……. 잊을 만하면 한두 번씩 꼭 나타나 승무원의 정신을 쏙 빼놓는다.

이런 승객들을 만나면 자책을 하기도 하고 정신적인 고통을 겪기도 한다. 그 과정에서 받는 스트레스는 쉽게 잊히지 않고 오랫동안 마음을 불편하게 할 뿐만 아니라 정신까지 뒤흔들어놓는다. 이런 감정 노동과의 싸움을 해소하는 일은 당연히 쉽지 않다.

감정 노동은 속으로는 개인의 기분을 다스리며 겉으로는 미소와 친절로 무장해야 하기 때문에 쉽지 않다. 집안에 궂은 일이 있거나 심신이 힘들 때, 기분이 좋지 않아도 웃어야 하는 것이 서비스업 종사자들의 고뇌일 것이다.

하지만 이런 일로 회의를 느껴 사직하는 승무원은 본 적이 없다. 입으로 웃고, 눈으로 웃고, 마지막으로 마음으로 웃어야 진정한 웃음이 나오기 때문에 감정적 싸움은 자신의 마음을 어떻게 다스리는가에 달려 있다. 솔직히 성인군자가 아니고서는 쉽게 훌훌 털어버리기 힘든 것은 사실이다. 하지만 '별별 사람이 많구나' 하고 생각한 후 털어버리는 것이 제일 속 편하다.

그래도 감정 노동에 시달리는 타 서비스 업종에 비해 승무원은 그 해소 방법이 쉽다. 멋진 광경이 펼쳐진 관광지에서 명소를 돌며 기분을 전환할 수 있기 때문이다. 그 나라의 고유 음식을 먹고 때로는 술 한잔 기울이며 쌓였던 스트레스를 풀 수 있으니 말이다. 쉬운 일이란 없고 스트레스를 받지 않는 일을 찾는 것은 불가능하다. 스스로 감정을 다스리고 적절한 해소 방법을 찾는다면 즐겁게 일할 수 있을 것이다.

정열이 가득한 남미의 중심지, 브라질 상파울로 비행. 승무원들이 꺼려 하는 스케줄 중의 하나인 상파울로 11박 12일의 비행은 장거리를 떠나는 짐의 무게만큼이나 마음의 무게도 무겁다. 상파울로 비행 스케줄은 이렇다. 우선 서울에서 로스앤젤레스로 날아간 후 이틀을 쉬었다가 상파울로로 향한다. 상파울로에서 다음에 오는 비행기를 기다리며 사흘을 쉰 후 로스앤젤레스로 다시 가서 이틀 후 서울로 돌아오게 된다.

이 비행은 미국 시차와의 싸움에다 우리나라와 정반대인 남미의 시차가 뒤죽박죽 섞여서 긴 여정만큼 육체적으로도 힘든 비행이다. 오랜 시간을 타지에 있기 때문에 같이 간 팀원 승무원들과 가족처럼 친해지기도 하고 혹은 서로가 지쳐버려 작은 것에 마음 상해 토라지기도 하며, 컨디션이 안 좋아져서 몸이 아프기도 한다.

그렇게 시작된 11박 12일의 스케줄의 절반을 마쳐가는 상파울로에서 로스앤젤레스로 돌아오는 비행이었다. 평상시의 장거리 비행처럼 두 번의 기내식 서비스와 면세품 판매 그리고 영화 두 편을 상영하면서 큰 문제없이 비행을 마무리해나갔다. 열두 시간의 서비스가 모두 정리되어 이제 착륙을 위한 준비를 마치고 점프 시트에 착석했다.

'아! 이제 다 왔구나.'

서서히 비행기가 활주로의 바닥면을 향해 내려갔다. 그런데 착륙 직전, 지면을 눈앞에 두고 비행기가 착륙하지 못하고 다시 상승했다. 승무원은 물론 승객들도 좋지 않은 상황이라는 것을 직감할 수 있었다. 불안에 휩싸여 차분히 기장에게 정보가 오기를 기다렸다.

조종실은 비정상적인 상황에 먼저 대처하는 것이 우선이기 때문에 객실 사무장은 조종실에 연락하기보다는 기다리는 것이 통례다. 잠시 후 기장에게서 연락이 왔다. 착륙하려는데 이착륙의 조정을 관장하는 관제탑에서 착륙을 위한 랜딩기어(바퀴)가 보이지 않으니 이륙 지시를 했다는 것이다. 기장은 상공을 벗어나 공중에서 랜딩기어를 테스트하고 다시 착륙을 시도할 것이라고 했다.

비행기는 활주로 상공을 벗어나서 공중을 선회하기 시작했다. 활주로 주변은 뜨고 내리는 비행기가 많기 때문에 그 지역을 벗어나 랜딩기어를 내렸다 올리기를 수차례 반복했다. 활주로를 벗어나서 랜딩기어를 점검하는 과정은 20분이 넘게 소요되었다. 승객들은 비행기가 안전하게 착륙할 수 있는지 물어보고 걱정하며 자리에 앉았다. 승무원도 승객을 안심시키며 착석했다.

기장이 착륙 사인을 보내어 승객들에게 방송을 한 후 다시 착륙을 시도했다. 모두 긴장하는 가운데 비행기가 점차 하강하기 시작했다. 두 번째 착륙 시도…… 그러나 또다시 재상승했다. 관제탑으로부터 착륙 불가 판정을 받았다. 역시 바퀴가 보이지 않는다는 것이다. 두 번째 착륙 실패!

이제 승무원과 승객들 사이에서 탄식이 저절로 흘러나왔다. 모두 아무 말도 할 수 없었고 불안감에 휩싸였다. 또다시 공중에서 랜딩기어를 테스트하기 위해 공항을 벗어났다. 공중에서 선회하는 과정과 랜딩기어를 점검하는 과정, 두 차례의 착륙 시도가 실패한 시간은 이미 한 시간을 훨씬 넘어섰다.

기장에게 연락이 왔다. 이제는 비행기에 더 이상 여유분의 연료가 남아 있지 않다는 것이다. 기름을 다 소모했기 때문에 이번이 마지막 착륙 기회이며, 착륙 시도와 함께 비상 안전사고에 대비하라는 내용이었다. 이번에도 바퀴가 나오지 않으면 항공기 동체만으로 착륙을 할 수밖에 없다는 것이다. 엄청난 속도로 내려오는 항공기가 동체 착륙을 하면 활주로 바닥면과의 충격과 마찰로 스파크가 생겨 폭발과 파괴로 연결되는 위험한 상황에 직면해야 한다.

마지막 착륙 전 비상 상황에 대처할 임무와 각오에 대한 승무원의 브리핑이 급박하게 이루어졌다. 모두가 공포와 두려움에 싸여 있었고, 승객뿐만 아니라 승무원까지 울먹이는 긴박한 상황이었다.

그런데 나는 신기하게도 두려움이나 걱정이 전혀 없었다. 사고가 날 수 있다는 생각은 전혀 들지 않았고, 오히려 정상적으로 착륙할 수 있을 것이라는 생각뿐이었다. 어떻게 아무런 의심이 없었는지 나도 잘 모르겠다.

여러 생각이 마음과 머리를 사로잡을 법하지만 나는 아주 침착하게 기도했다. 내 머릿속에는 오로지 이 말씀밖에는 없었다.

"마음을 강하게 하고 담대히 하라. 두려워 말며 놀라지 말라. 네가 어디로 가든지 네 하나님 여호와가 너와 함께하시느니라." (여호수아 1장 9절)

그 기도와 함께 비행기는 서서히 활주로 바닥을 향해 내려갔다.

혼란스러웠던 한 시간이 너무 길게 느껴졌지만 326명 전원이 무사히 착륙할 수 있었다. 로스앤젤레스국제공항 활주로에는 양옆으로 소방차와 살수차, 구급차 등 각종 지원 차량이 총 출동해 있어 당시의 위기 상황을 그대로 말해주는 것 같았다. 비상사태를 대비해 양쪽으로 빨간색 차들이 그림처럼 나란히 두 줄로 서서 대비하고 있었던 것이다. 승객 모두가 부둥켜안고 박수치며 기쁨으로 마무리하게 된 비행이었다.

하늘에 구멍이 뚫렸나보다. 비가 억수같이
온다. 이런 날은 비행가기 전부터 겁이 난다.

'유니폼이랑 스타킹 다 젖겠네. 카트도 비 다 맞겠구나. 바람까지 불면 비가 들이쳐서 머리도 망가지는데……. 아, 왜 이렇게 나가기 싫을까. 아프다고 병가를 내버릴까. 출근하다가 공항버스가 작은 사고라도 냈으면 좋겠다.'

별별 생각들이 걸음을 붙잡는다. 요즘 가뜩이나 출근하는 발걸음이 무거운데 날씨마저 협조하지 않는다. 몸과 마음이 무겁고 귀찮고 부쩍 비행 생활의 매너리즘에 빠져 드는 것 같다.

'아, 비행을 시작한 처음에는 너무 신나고 재미있었는데……. 다음 달 스케줄을 기다리며 한 달 한 달이 금방 지나갔는데…….'

다람쥐 쳇바퀴 돌듯 반복되는 일상에 단조로움을 느끼며 찾아온 권태로움이었다. 직장 생활을 하다보면 누구나 한 번쯤은 느끼고 경험하는 배부른 푸념이지 싶다. 비행 생활 3년, 길면 5년 즈음에는 느끼게 되는 위기였다. 그 시기에는 비슷한 입장인 동기들이 모이면 모두들 '비행하기 싫다, 지겹다, 팀장이나 팀 선배가 사이코다, 팀 비행을 가기 싫다, 비행기의 퀴퀴한 냄새를 더 이상 맡고 싶지 않다, 무리한 요구를 하는 승객들 때문에 스트레스 받는다, 그냥 시집이나 가야겠다' 이런 푸념을 늘어놓았다. 그러다가 정말 무턱대고 사표를 내고 사라져버린 동기들도 있었다.

권태기에는 도살장에 끌려가는 소처럼 출근 버스에 몸을 싣고, 잡혀가듯 비행기를 탔다. 그러면서 비행기 문만 닫히면 기계처럼 똑같은 일을 반복해갔다. 아무래도 이건 아닌데…….

승무원들에게는 저마다 스트레스 해소법과 위기 관리법이 있다. 대부분은 수영이나 요가 등의 스포츠를 한다. 또는 어학을 배우거나 각종 취미 생활을 시작한다.

내 경우, 사표를 내기에는 용기가 없었고 어렵게 입사해 자리 잡은 좋은 직장도 아까웠다. 결국 권태기를 극복하기 위한 대안을 모색했다. 스튜어디스 이외의 다른 흥밋거리를 생각해보자! 평소 내가 배우고 싶었던 것을 배우면서 그것에 몰두하기로 결정했다. 내가 신나게 할 수 있는 것이 무엇인지 생각해보자, 내가 흥미 있는 것에 도전해보자고 마음먹었다. 몰입하고 집중해서 관심사를 전환하기로 계획했다.

요리를 배우기도 하고 각종 운동이나 재즈댄스를 배우기도 했다. 이것저것 새로운 것을 시도하면서 잠재력을 찾아나가기 시작했다. 그러면서 삶의 또 다른 재미와 몰입, 활력을 찾아나섰다.

그러던 중 승무원 업무의 연장선에서 그 관심거리를 찾게 되었다. 항공 서비스의 시작과 마지막이라고 할 수 있는 기내방송에 관심이 꽂힌 것이다. 비행기에서 하는 기내방송을 제대로 연습해서 멋있게 방송하는 방송 담당 승무원이 되자는 작은 목표를 세웠다. 기내방송은 한국어, 영어, 일본어 세 가지 언어로 실시하는데 정확한 발음과 음성, 억양, 악센트, 전반적 흐름 등 여러 요인이 조화를 이루어야 한다.

방송을 연습하기 위해서 우선 회사에서 나눠주는 모델 테이프를 자주 들었다. 듣고 따라 하고 녹음하고 교정하고, 실제 방송을 담당하는 선배에게 혹은 함께 비행한 외국인 현지 승무원에게 시간 날 때마다 교정을 받았다. 그 당시는 현지 승무원 중에 미국 교포 승무원도 있었기 때문에 영어 발음과 억양에서 많은 도움을 받았고, 일본인 승무원이 타면 일본어 방송을 체크해달라고 부탁했다.

차에 타서도, 길을 걸으면서도 늘 녹음을 듣고 중얼거렸다. 길을 걸으면서 "손님 여러분. 손님 여러분, 안녕하십니까? 안녕하십니까?" 하며 톤을 올렸다 내리고, "오늘도 저희 대한항공을 이용해주서서 감사합니다" 하고 중얼거리면 지나가던 사람들이 나를 이상한 여자를 보듯 쳐다보고는 했다.

노력에는 대가가 따르는 법! 무자격에서 출발해 한 단계 한 단계 연습과 테스트를 거쳐 D자격에서 결국 최고 자격인 A자격까지 따게 되었다. 그 당시에 A자격자는 사내에 열 명도 되지 않았고 회사 내에서도 그 실력을 인정해주는 편이었다. 방송이 좋았다는 칭찬을 들을 때마다 무언가를 이루는 과정은 힘들지만 그 열매는 달콤하다는 것을 느끼게 되었다. 그리고 그 성취의 달콤함에 서서히 중독되어갔다.

이번에는 무엇을 할까? 명색이 항공사 국제선 승무원인데 영어를 잘해야 하겠지? 재학 시절에는 토익을 공부했지만 졸업 이후 회사로 들어오면서 어떤 어학 자격시험도 치러보지 못했다. 그렇다면 이번에는 영어 자격시험을 준비해보자.

비행 스케줄을 받자마자 제일 먼저 학업 성취 월간 계획서를 만들었다. 근무하는 날과 쉬는 날의 공부 목표량이 다르기 때문이다. 집에서 공부하면 TV, 가족, 음식, 전화 등 여러 방해 요소들이 나를 가로막기 때문에 도서관에 가기로 했다. 집 근처에 도서관이 있어서 장거리 비행을 다녀온 다음 날에도 새벽에 알람을 맞춰놓고 간단한 점심과 간식을 준비해 도서관으로 갔다. 물론, 너무 피곤한 비행 스케줄 다음 날에는 조금 늦기도 했지만 내가 정해놓은 약속을 지키려고 노력했다. 도서관에는 대부분 취업 전쟁이나 입시 전쟁을 치르는 학생들로 가득하다. 그 안에서 그들과 동화되어 목표를 위해 몰입하는 연습을 했다.

이렇게 도전하고 내 실력을 시험해보는 것 그리고 그 후 맛보는 성취감은 역시 특별했다. 이때 쌓은 영어 실력이 차후에 박사 학위 과정과 국제선 사무장이 된 후에도 외국인 승객들의 문제 해결이나 영어 브리핑, 진급에까지 톡톡한 도움을 주었다.

이번에는 무엇을 해볼까? 나는 그렇게 차곡차곡 도전 의식을 키워갔다.

새로운 무언가를 배우고, 그 작은 목표를 향해 도전하고 마침내 달성했을 때 찾아오는 보람과 성취감이 서서히 내 삶에 용기와 또 다른 활력을 주었다. 그러면서 나는 계속 또 다른 시도와 도전과 목표를 찾았다.

직장 생활에서의 권태기를 극복하기 위해 하나씩 배우고 노력하고 실천했던 그 애씀과 땀방울과 인고가 또 다른 도전을 낳고 결국 학업으로 연결되어 국내 스튜어디스 출신 박사 1호라는 타이틀까지 거머쥐는 원동력이 되었다.

인생에 있어서 권태기는 위기이지만 어떻게 극복하느냐에 따라 또 다른 기회가 될 수 있다. 그 귀중한 교훈을 나는 직접 체험한 것이다.

자연스러운 미소 라인 만들기

스튜어디스의 미소는 두말할 필요 없이 면접 결과를 좌우하는 아주 중요한 요소다. 미소에 따른 합격 여부를 확률로 따지면 50퍼센트에 달한다고 하니, 아무리 스튜어디스에 적합한 신체 조건과 스펙을 지녔다고 해도 미소가 아름답지 못하다면 합격은 어렵다.

면접에 들어가면 약 20분 동안 꾸준히 미소를 지어야 한다. 그 때문에 입술 경련이 오기도 하고, 나도 모르는 사이 억지스러운 미소를 지을 수 있다. 따라서 오랜 시간 반복적인 연습을 해서 자연스러운 미소 라인이 생길 수 있도록 노력해야 한다.

'리프팅 페이스 요가'는 평소 굳어져 있던 표정근表情筋을 움직이는 운동이다. 몸에 여러 근육이 있는 것처럼 얼굴에도 표정을 만드는 근육이 있다. 그것을 표정근이라고 하는데 작은 얼굴 안에도 57종류의 표정근이 있다. 표정근은 몸의 다른 근육의 크기에 비해 작고, 원하는 부위에 자극을 잘 전달할 수 있어서 해당 부위를 탱탱하게 하거나 균형 있게 탄력을 회복할 수 있다. 더 나아가 얼굴선을 아름답게 정돈한다.

또한, 표정근은 우리의 마음과 밀접한 관계를 맺고 있어 웃는 표정 하나에도 박장대소하거나 미소를 짓거나 살짝 웃음을 띠는 등 아주 복잡하고 미묘한 표정을 짓는다. 어색하고 부자연스러운 미소가 고민이라면 지금 당장 자신의 페이스를 리프팅 업 해보자! 지금부터 스튜어디스의 '자연스러운 미소 라인 만들기' 필살기를 전격 공개한다!

받는 표정근은
바로 이곳!

협근
소근
이근
구륜근
광경근

깨끗하고 맑고 자신 있는 얼굴 색 만들기

아이우에오

미소의 기본 조건은 뭐니 뭐니 해도 밝고 생기 있는 얼굴 색이 아닐까.
어두운 낯빛으로 미소를 짓는다면 오히려 그 미소가 애처로워 보일 수
도 있는 법! '아이우에오'는 여러 표정근을 동시에 단련해 혈액의 흐름
을 촉진하고 얼굴 색을 밝게 한다.

1 '아'는 얼굴 근육을 위아래
로 늘인다는 느낌으로 입
을 크게 벌린다.
★1~5의 운동은 눈을 크게
뜨고 한다.

2 '이'는 입꼬리와 뺨 근육을
끌어 올리는 느낌으로 입
을 양끝으로 벌린다.

3 '우'는 턱에서 귀에 이르는 근
육과 입가의 근육을 의식하
면서 입을 뾰족하게 내민다.

4 '에'는 입을 반달 모양으로
만들어 벌린다.

5 '오'는 입을 동그랗게 벌리
고 놀란 표정을 지으며 얼
굴 전체의 근육을 늘인다.

자극받는 표정근은 바로 이곳!

대협골근
구각거근
설근

입꼬리 리프트 업

맛있는 얼굴

이제는 '맛있는 얼굴'로 맛있는 미소를 지어보자. 이 운동은 입꼬리 근육을 자극해 입꼬리가 처지는 것을 막고 아름다운 미소를 짓게 다. 또 입꼬리를 바깥쪽으로 올리는 대협골근, 설근을 자극해 입꼬리를 높이 올려준다.

1 얼굴은 정면을 보고 시선만 위로 향한다.

2 입꼬리를 올려 이가 보이도록 방긋 웃는다.

여기서 1회

3 그 상태에서 혀를 왼쪽 최대한 내민다.

여기서 천천히 1회 호흡한다.

4 같은 방법으로 혀를 오른쪽 위로 최대한 내민다.

입 주위 리프트 업

시큼한 얼굴

이제는 키위나 레몬을 먹을 때도 신경 쓰자. 시큼한 표정이 예쁜 입술을 만들 절호의 기회가 될 수도! '시큼한 얼굴'은 구륜근을 자극해 입꼬리를 올려주고, 입술의 혈액 흐름을 촉진해 혈색을 좋게 하여 입술선이 선명해져 도톰하고 예쁜 입술을 만든다. 또한, 이근을 자극해 갸름한 턱선을 만들 수 있다.

자극받는 표정근은 바로 이곳!

이근
구륜근

1 얼굴은 정면을 보고, 눈을 크게 뜬다.

시큼한 맛을 참는 것처럼

2 입 주위에 힘을 주어 입을 오므린다.

입술 주름 예방

히히히

'히히히'는 광경근을 자극해 가슴에서 얼굴에 이르는 넓은 부위를 끌어 올려준다. 또 하순하제근을 자극해 아랫입술의 주름 예방에도 효과적이다.

자극받는 표정근은 바로 이곳!

하순하제근
광경근

목 근육을 세운다.

입을 가볍게 벌리고 입꼬리를 올려서 '히히히' 하고 숨을 짧게 내뱉으며 가슴을 끌어 올린다.

출처 : 《리프팅 페이스 요가》(다카츠 후미코 지음 · 열음사 발간)

박수 칠 때 떠나라!
인생의 2막을 열다

**스튜어디스 출신
박사 1호가 되다!**

내 나이 스물둘이 되던 해의 1월, 스튜어디스 생활이 시작되었다. 하늘 가득 부푼 꿈을 안고 시작한 비행은 모든 것이 신기하고 즐겁기만 했다.

'이번 달은 어느 나라로 가게 될까? 어떤 사람들을 만날까?'

늘 설레는 마음으로 한 달 한 달의 스케줄을 받아보면서 전 세계 수많은 도시의 매력에 빠져들었다. 스튜어디스로 있던 시간은 내 인생에서 새로운 도전과 희망과 기회를 심어준 황금과 같은 시간이었다. 18년 동안의 비행 경력을 통해 나는 자신감과 용기가 생겼고 그 경험들은 내 삶의 단단한 디딤돌이 되었다.

그러나 사실 내 꿈은 스튜어디스가 아니라 선생님이었다. 어려서부터 선생님이 되고 싶다고 말해왔고, 친구들이 모르는 것을 가르쳐주길 좋아했다.

"야, 네가 가르쳐주면 귀에 쏙쏙 들어와. 넌 꼭 선생님이 돼라."

친구들은 곧잘 이런 말을 했다. 그러나 꿈을 이루는 것은 쉽지 않았다. 고교 시절 갑자기 갑상선에 문제가 생겨 충분히 공부할 수 없었다. 약물 치료와 통원 치료를 받았는데 약에 수면제 성분이 있어 늘 잠이 쏟아졌다. 아니, 잠에 취해 산 것 같다. 결국 희망했던 교대에 들어가지 못했고 재수를 하고 싶었지만 아버지는 허락하지 않았다. 차선책으로 나는 부모님의 권유에 따라 인하공전 항공운항과에 들어가 스튜어디스의 길을 가게 되었다.

비행의 매력에 빠져 어느 정도의 경력이 쌓일 즈음 나는 객실 훈련원의 교육 강사로 발탁되었다. 승무원은 입사한 순간부터 신입 승무원 교육뿐만 아니라 수많은 교육을 받으면서 동기를 부여받고 재충전하면서 담당 직무에 프로 의식을 다지게 된다.

교육을 담당하는 곳을 교육원 또는 훈련원이라고 부르는데, 훈련원 강사는 피교육자들에게 정보뿐만 아니라 모든 면에서 긍정적인 영향을 전파해야 하는 책임이 있다. 남을 가르친다는 것은 자기 자신부터 변화하고 노력해야 하는 일이기 때문에 힘들어하는 동료도 있다. 그리고 정말 천성이다 싶을 정도로 선생님의 역할을 잘 수행하는 동료 승무원도 있다. 강사는 평소에는 승무원으로서 비행을 하다가 한시적으로 혹은 교육 기간에 맞추어 단기간 동안 차출 강사의 역할을 부여받는다.

내 경우 진급은 빨랐지만, 훈련원 교육 강사가 되기까지는 시간이 더뎠다. 뒤늦게 강사로 임명되어 신입 승무원 교육을 담당하면서 국내선 및 국

현직 스튜어디스 최초로 박사 학위
를 받고 회사 도서관에서 축하 인사
를 받으며 홍보 사진을 촬영했다. 대
한항공 사내 신문뿐만 아니라 국내
일간 신문에 기사화되었다.

제선 과정에 해당하는 서비스 교육, 매뉴얼 교육, 실습, 기내영어와 기내방송 등 다양한 분야를 가르치게 되었다. 그렇게 해서 비행을 나가는 데 문제가 없도록 가르친 후배 승무원들도 꽤 있다.

강사 역할을 수행하면서 나는 가르치는 것에 대한 가슴 뿌듯한 보람과 희망을 느꼈다. 다듬어지지 않고 거칠기까지 한 금강석을 애정과 진심으로 두드리고 깎아나갈 때 멋진 작품으로 탄생할 수 있다는 가슴 떨리는 경험을 했다. 그리고 그 속에서 묻혀버린 소중한 꿈을 꺼내게 되었다.

그 중요한 계기를 발판으로 나는 서서히 제2의 인생에 대해서 고민하고 계획하게 되었다. 그리고 구체적으로 마흔 살이 되기 전에 꼭 교수가 되겠다는 목표를 세웠다. 그리고 한 단계씩 계단을 오르기 시작했다.

그렇게 시작된 공부는 나 자신과의 엄청난 싸움이었다. 모든 연차와 월차, 생리 휴가, 휴일을 수업을 위해 모두 바쳤다. 출석을 위해 여기저기 구걸하듯이 비행 스케줄의 조정을 부탁해야 했다. 휴가가 반영되지 않을 때는 유니폼을 갈아입을 새도 없이 비행기에서 내리기가 무섭게 학교로 달려갔다. 급하게 운전하다보니 속도위반 딱지도 쌓여갔다. 해외에 나가서도 여행은 고사하고 호텔방에서 노트북, 책, 논문과 함께하며 시간을 보내야 했다. 내가 선택한 길에 힘이 부쳐 남몰래 눈물도 많이 닦아냈다.

힘든 나와의 싸움과 모든 역경을 헤치고, 2006년 현직 스튜어디스 최초로 박사의 영예를 안았다. 대한항공과 승무원의 이미지를 향상시켰고, 시간적 제약이 많은 일을 하면서 학위를 취득해 승무원 및 직장인 들에게 롤모델이 되었다는 이유로 신문과 잡지에 기사화되기도 했다. 그리고 대한항공에서 쌓은 모든 영예들…… 현직 스튜어디스 출신 박사 1호, 최연소 국제선 팀장

승진 그리고 마지막 진급을 코앞에 둔 채 비행 생활을 정리하고 오래전부터 꿈꾸었던 교수의 길로 들어섰다.

지금은 학점 은행제, 사이버 대학, 직장인을 위한 학위 과정이 생겼지만 내가 교수의 꿈을 품고 공부하던 무렵에는 직장 생활과 학교생활을 병행할 수 있는 것은 한국방송통신대학교를 다니는 방법 외에는 없었다. 나이도 있는데 직장을 그만두고 대학에 편입하기란 쉽지 않은 일이기 때문이다.

그렇게 시작된 학업 생활은 나와의 엄청난 투쟁이었다. 책과 노트북 무게로 다른 승무원의 가방보다 어깨의 짐이 두 배로 무거웠다. 승무원들은 항상 우아하게 가방을 끌고 다닌다. 대표적인 가방이 비행에 관련된 물품을 넣는 플라이트 백Flight Bag★과 현지에서 사용하는 일반 용품이 담겨진 레이오버 백Lay-over Bag★★이다.

"선배님, 돌 수집하세요?"

버스를 타고 내리면서 짐을 넣어주거나 빼줄 때 내 가방을 들어본 후배들은 이렇게 말하고는 했다.

늘 돌덩어리처럼 무거운 가방이 내 어깨를 짓눌렀다. 그 때문인지 운동선수처럼 승모근이 발달했나보다. 어느

★ 승무원이 항상 지니고 다니는 가방으로 비행에 필요한 필수 용품인 여권, 아이디 카드, 매뉴얼 책자, 방송문책, 앞치마, 기내화, 개인 화장품 등을 넣어 다닌다.

★★ 승무원이 1박 이상의 비행을 나가면 머무르는 곳에서 사용해야 할 여러 개인 용품 등을 넣어 가지고 다니는 가방

대표적으로 승무원이 갖고 다니는 가방은 비행에 관련된 물품을 넣는 플라이트 백과 일반 용품을 담는 레이오버 백이 있다.

나라에 가든 공부와 과제, 논문 때문에 전공 책을 봐야 했으니까…… 설령 책을 보지 않더라도 그것들이 없으면 심리적으로 불안하고 안정이 되지 않았기 때문에 늘 가지고 다녔다.

　승무원은 체력 소모가 큰 직업이다. 그래서 항상 잘 먹고, 잘 자야 한다. 생체리듬이 깨지기 쉬운 직업이고 식사와 잠드는 시간이 불규칙해서 늘 피곤하다. 그래서 위장병에 걸리거나 불면증과 요통, 근육통 등 직업병에 시달리는 경우가 있다. 시차를 극복해야 하고 밤을 새우다보니 잠이 늘 부족하다. 그래서 장거리 비행을 한 후 각자 헤어지고 나면 다들 밥이고 뭐고 깜깜무소식이다. 깨워야 간신히 일어날 정도로 열두 시간 수면은 기본이고, 스무 시간 가까이 자는 승무원들도 있다. 한번은 선배가 하루가 넘도록 전화도 받지 않고 호텔 방문을 두드려도 인기척이 없기에 불안한 마음에 호텔 직원에게 부탁해 문을 열어보기로 했다. '잘못된 건 아니겠지?' 조마조마해하며 침대에 누워 있는 선배를 조심스레 흔드니 다행히 기척이 있었다. 선배는 약을 먹고 잤던 것이다. 스물네 시간이 넘도록…….

　이렇게 다들 피곤한 몸을 잠으로 대신하고 있어도 나는 마음껏 쉴 수 없었다. 늘 시간이 모자랐다. 다른 승무원들이 잘 때 나는 잠을 쪼개어 깨어 있어야 했다. 방에 모여 동료들과 수다 떠는 시간, 쇼핑하는 시간, 운동하는 시간은 내게 사치였다. 그렇게 여유 없이 몸을 혹사해가면서 학생의 역할에 충실해야 했다.

　승무원의 역할과 학생의 역할, 어느 것 하나 소홀할 수 없었다. 두 가지 모두 내 인생에 있어서 보람되고 소중한 것이었기에 둘 다 잘하고 싶었다. 그렇기 때문에 몸은 피곤했지만 정신력으로 스스로를 무장했다.

일체유심조라고, 역시 최고의 무기는 정신 상태인 것 같다. 개인적인 시간이나 여유는 학교를 다니면서 점점 사라졌고, 만남을 미루다보니 인간관계에도 소홀해질 수밖에 없었다. 그 당시 인간관계는 완전히 단절되었다. 누구를 만날 여력과 시간이 없었다. 얻는 것이 있으면 잃는 것이 있다고 했던가!

그렇게 편입 과정 2년, 석사 과정 2년 반, 박사 과정 3년 반 총 8년의 세월을 승무원이자 학생으로서 이중생활을 했다. 다시 돌아가고 싶지 않을 만큼 힘들고 정신없었으며 자신과의 끊임없는 싸움의 연속이었다. 하지만 지금은 감사하다. 내게 또 다른 목표와 비전을 심어주었고, 그로 인해 삶의 활력과 자신감을 북돋워준 것은 사실이기 때문이다. 무엇보다 제2의 인생을 만들어준 귀중한 시간이었으니까.

꿈을 믿는 사람만이 꿈을 이룬다

비행을 하며 학교를 다니는 동안 늘 비행 스케줄 조정 때문에 난관에 봉착했다.

'다음 달은 휴가가 잘 반영되어서 최대한 많이 출석해야 할 텐데…….'

방학이 있는 달을 제외하고 매달 기도하는 심정으로 스케줄을 기다렸다. 스케줄에 따라 희비가 엇갈렸고, 비행 업무 외에 학교 수업 출석과 운영을 어떻게 할지 다이어리에 또 다른 스케줄을 정리하고는 했다.

'아, 이날은 내가 프레젠테이션을 해야 하는 날이라 빠지면 안 되는데……. 이 스케줄을 어떻게 바꿀까? 편조팀에 부탁할까? 동료 승무원이 바꿔줄까? 다음 달에는 휴가 담당자에게 사정해봐야겠다. 우는 아이 젖 준다고 무슨 수가 있겠지.'

승무원들은 원하는 날에 휴가가 잘 반영되지 않기 때문에 매달 스케줄을 받을 때마다 가슴을 졸이기 일쑤다. 학교 가는 날인데 휴가가 반영되지 않았을 때, 운 좋게도 학교에 행사가 잡히거나 휴일이 겹치면 안도감과 함께 횡재한 기분이었다. 대부분의 학교 수업이 그렇겠지만 대학원은 학점을 떠나서 결석하면 수업을 따라가기도 힘들고 과제도 많아 부담스럽다. 교수님들은 출석을 중요하게 생각하기 때문에 불가피한 경우에는 찾아가서 양해를 구해야 했다. 승무원이어서 좋은 점은, 교수님들이 그 직업적 환경을 이해하고 열심히 노력하는 모습을 예쁘게 봐준다는 점이다.

한번은 비행을 다녀온 뒤 곧바로 승무원 머리와 유니폼 차림에 겉옷 하나만 걸치고 수업에 들어간 적이 있다. 그 이후로는 교수님들이 나를 볼 때마다 물었다. "오늘은 어디서 날아왔어요?" 때로는 외국에서 사 온 초콜릿이나 기념품같이 뇌물 아닌 뇌물을 챙겨서, 사제 관계를 유지하는 방편으로 사용하기도 했다.

안타까운 것은 출석 일수를 맞추기 위해 수년 동안 비행 스케줄이 엉망인 생활을 보냈던 것이다. 수업 때문에 장거리 비행 하나를 깨면 그 시간을 채우기 위해 일본이나 중국, 국내선 등 단거리 비행을 연속 11일 동안 나가야 하는 경우도 있었다. 4~5일 단거리 비행을 연속으로 나가면 그때부터는 피곤이 엄습해온다. 단거리 비행을 자주 나갈 수밖에 없었던 학기 중의 스케줄은 체력과의 싸움이었다.

비행 생활 중에 나오기 힘든, 아주 특별한 비행도 학교 수업 때문에 포기했다. 간혹 특별 전세기로 비행 스케줄에 나와 있지 않은 도시나 나라를 비행하는 경우가 있는데, 이런 다시 오지 않을 좋은 기회도 수업 때문에 포기해야 했다. 특별 전세기 비행의 경우 비슷한 직급의 승무원에게 스케줄을 바꿔달라고 하면 신나서 바꿔주지만 그와 같은 특별한 상황을 제외하고는 바꾸기가 쉽지 않다.

매달 수업 일정에 맞춰 지내다보니 어언 6년이 넘는 세월을 학교와 집, 공항을 맴돌며 살았다. 비행기에서 내리자마자 수업에 쫓겨 정신없이 학교로 달려갔던 그때의 습관이 몸에 배어 지금도 난폭 운전을 할 때가 있다. 학교에는 늦기 싫고 공항 출근은 늦으면 큰일 나기 때문에 조금이라도 시간을 단축하기 위해 차를 빨리 몰았던 것이 아마도 좋지 않은 운전 습관으로 굳어진 것 같다. 지금도 내 차는 무서워서 못 타겠고 나더러 난폭 운전자라며 너스레를 떠는 사람들도 있다.

하지만 뜻이 있는 곳에 길이 있다고 했던가. 석사와 박사 과정이라는 약 6년의 세월 동안 난관이 닥쳤고 그것을 풀어나가는 것은 쉽지 않았지만, 뚜렷한 의지 때문인지 그때마다 헤쳐 나갈 방법이 생겼다. 분명 뜻이 있는 곳에는 길이 있었다. '인간이 하는 일에 불가능한 것이 무엇이 있으랴. 일단 부딪쳐보자!' 이런 오기로 부딪치니 주변에서 많은 도움을 주었다.

목표를 향한 도전의 과정은 쉽지 않았지만, 극복하려는 노력이 나를 언제나 자극했다. 그 도전 정신은 그 이후에도 무엇을 하든 내 인생에 큰 용기와 힘을 주었다.

제2의 인생을 찾기까지는 10년의 세월이 걸렸고, 그 길을 위해 오랫동안 준비했으며 결코 쉽게 이루어진 것도 아니었다. 하지만 나는 포기하지 않았고 계속해서 달렸다. 결국 그 긴 터널을 나왔다. 마지막에 여유 있게 웃을 수 있는 사람이 되는 그날을 기다리며 견뎌냈다.

시간이 걸려도 포기하지 말고 도전하자. 포기는 내 남은 인생에 안타까운 후회와 미련으로 영원히 머릿속을 떠나지 않을 것이다.

"잘 자야 할 텐데……."

화장실을 다녀온 뒤 귀마개를 하고 침대에 몸을 눕혔다. 미국 동부 쪽 비행은 비행시간이 열다섯 시간 가까이 되는데다가 시차도 있어 쉽사리 잠들기 힘들다. 하지만 자야 한다. 잠을 못 이루고 비행을 가면 온몸이 천근만근 무거워서 힘들어 죽는다. 게다가 서울에 도착하면 곧바로 학교에도 가야 한다. 마음의 부담이 몇 배로 불어났다.

뉴욕의 밤은 왜 이리 시끄러운지 모르겠다. '웨엥, 웨엥, 삐삐삐삑!' 서라운드 사운드의 울림처럼 소음이 연신 귀에 거슬렸다. 이리 뒤척 저리 뒤척…… 이 호텔 베개는 왜 이렇게 불편하고 높은지 잠이 오지 않는다. 베개를 싸들고 다닐 수도 없고…….

가끔 비행기에서도 베개를 싸들고 다니는 외국인 승객이 있는데 그들의 심정을 알 것 같다. 그렇게 베개와 계속 씨름을 하다가 간신히 잠이 들었다. 그렇게 잠깐을 잤을까 또 다른 소음 때문에 잠을 깼다. 시계를 보니 겨우 두 시간 눈을 붙였을 뿐이다. 아직도 해가 뜨려면 다섯 시간이나 남았는데……. 이렇게 깨면 처음보다 더 잠이 오지 않는다. 할 수 없이 침대 옆 전기 스탠드를 켜고 책을 펼쳐 들었다. '이러다가 졸리면 자야지' 하는 마음으로 책을 좀 읽다보니 이제는 배가 고프다. 호텔에서 픽업Pick up*하기 전에 간단히 먹고 나가려고 사놓은 것들을 주섬주섬 꺼내 먹는다. 이러다가 잠이 올 리 없다. 뜬눈으로 밤을 새우고 비행 준비를 한 후, 호텔을 나서게 되는 악순환을 되풀이한다.

* 해외에 체재할 때는 승무원 전용 픽업 버스가 호텔로 와서 승무원을 공항으로 데려다 준다. 승무원은 방으로 들어가기 전 픽업 시간을 공유한다.

어떻게 날아왔는지 모를 열다섯 시간의 비행이 끝나고 서울에 도착할 즈음 비행기 창으로 막 동이 튼 태양이 어스름이 빛을 비추고 있었다. 새벽 6시가 넘은 시각이었다.

천근만근인 몸을 끌어 차에 옮기고 학교로 달려갔다. 아침 9시부터 시작해서 연속으로 세 과목을 들어야 한다. 지난 학기에는 매주 이틀씩 휴가를 내었더니 스케줄에 휴가 반영이 잘 되지 않았고 팀장인 내가 팀 비행에 계속 빠져서 팀원들에게도 미안했다. 그래서 이번 학기에는 일주일에 한 번만 휴가를 냈고 그러다보니 세 과목 수업을 하루에 모두 몰아야 했다. 아침 9시부터 12시, 오후 2시부터 5시, 오후 6시부터 9시까지 박사 과정 수업을 들어야 했다.

시차 때문에 잠을 못 잔 데다, 선 채로 날아온 열다섯 시간 비행을 끝내고 수업마저 마쳤더니 마치 일주일은 못 잔 것처럼 피곤했다. 박사 과정은 강의도 듣지만 본인이 진행하는 프레젠테이션도 많다. 잠을 푹 자도 졸린 마당에 아홉 시간 동안 수업을 들으니 어떻겠는가? 비몽사몽에 흐리멍덩하고 몽롱할 뿐이다. 그럴 때마다 힘들게 날아온 것이 아까워서, 아니 퉁퉁 부은 다리를 주무르며 밤새워 번 돈으로 낸 등록금이 아까워서 더 잠을 쫓아냈다. 허벅지를 찌르는 고통을 감수해야 했다.

아침부터 저녁까지 이 전쟁을 치르고 나면 말 그대로 파김치가 된다. 정신이 해롱거리고 별이 왔다 갔다 한다. 아니나 다를까 수업을 마치고 계단을 내려오는데 눈앞이 아득해졌다. 아차 싶은 순간, 이미 발을 헛디뎌 꽈당하고 곤두박질을 쳤다. 책과 소지품이 계단으로 와르르 쏟아지고 손가락도 접질렀는지 꽤 아프다. 주변에 사람이 별로 없었기에 다행이지 창피함까지 더할 뻔했다.

　짐을 대충 추스르고 주차장을 향해 걸으면서 하늘을 바라보았다.

　"내가 무슨 부귀영화를 누리려고 이렇게 고생을 하지. 나 왜 이렇게 힘들게 살아야 하지? 과연 이게 잘하는 짓일까?"

　에고 발이야, 에고 머리야, 에고 손가락이야. 안 쑤시는 데가 없었다. 그렇게 하늘을 향해 중얼거리는데 반짝거리는 별이 나를 위로하는 듯했다.

　'오늘 힘든 하루였지만 그래도 이향정, 애 많이 썼어. 다른 동료들은 비행 다녀와서 쓰러져 잠들었을 텐데 너는 오늘 귀중한 하루를 남들보다 훨씬 더 보람 있게 보냈잖아.'

　스스로 자책하고 위로하고 격려하면서 이 과정을 수백, 수천 번 반복해야 했다. 새벽별 보기 운동을 하는 것도 아닌데 새벽별을 보고 서울에 도착해서 밤 별을 보며 집으로 향하는 일을 1년 동안 계속했다. 학교에서 집으로 돌아오는 길, 우연히 한 교회에 붙여진 글귀가 내 눈에 들어왔다.

　"나의 가는 길을 오직 그가 아시나니 그가 단련하신 후에는 내가 정금같이 나오리라." (욥기 23장 10절)

　나는 할 수 있다. 누구도 강요하지 않았고 내가 선택한 일이기 때문에 기쁘게 그 길을 갈 것이다. 언젠가 지금의 고난과 역경이 분명 빛을 발하고 또 다른 힘을 줄 것을 믿기 때문이다. 그렇게 나를 넘어섰기 때문에 새로운 인생의 역사를 다시 쓸 수 있었다고 생각한다.

박사 스튜어디스!
박사 사무장!

승무원이 무언가를 꾸준히 배운다는 것은 무척 어려운 일이다. 일반 직장인보다 두세 배의 시간이 소요되고, 학원도 한 달에 절반 정도 수강하면 그나마 많이 출석하는 편이다. 국제선 비행 담당 승무원들은 학습을 위해 부단히 노력하지 않으면 실력을 유지하기 힘들다. 대부분 독학을 하지만 부족한 분야를 혼자 배운다는 것은 보통 의지로는 쉬운 일이 아니다. 그래서 돈을 투자해서 개인 교습을 받기도 하지만 문제는 비용 또한, 만만치 않다는 점이다. 그래도 그렇게라도 하는 사람은 의지가 투철하고 목표 의식이 있는 사람이다.

현직 스튜어디스로서 최초로 '박사 스튜어디스'라는 영예를 얻게 되었을 때, 무엇보다 큰 성과는 내 자신이 많은 후배들에게 롤 모델이 되었다는 점이다. 물론, 나 때문에 집에서 너도 좀 공부하라며 구박을 받았다고 농담삼아 이야기하는 후배들도 여럿 있긴 했지만······.

또 새롭게 느낀 것은 대중매체의 힘은 역시 강하다는 것이다. 기사가 난 직후뿐만이 아니라 몇 달이 지난 후에도 나를 알아보는 승객들이 있었다.

"혹시 박사님 아니세요?"

"네, 맞습니다. 기억해주셔서 감사합니다."

"박사님이 이런 것도 하세요?"

"그럼요, 이게 제 일이고 저를 있게 해준 무대인데요. 열심히 해야죠."

이렇게 알아봐주면 때로는 더 잘해야 한다는 생각 때문에 부담스럽기도 했지만 즐겁고 뿌듯했다.

선배들이 나를 부르던 호칭도 바뀌었다. 이전에는 '이 사무장' 하고 불렀

2006년 2월의 졸업식. 관광학 박사 학위를 받은 날, 추운 날씨에도 후배 승무원들이 함께해 자리를 빛내주었다.

지만, 심지어 사무장이 된 지 한참이 지났어도 '향정 씨'라고 부르던 선배도 '이 박사님!'이라고 부르기 시작했다. 그때마다 '공부하기를 정말 잘했어. 내 인생에서 제일 잘한 일 같아' 하고 속으로 좋아하고는 했다. 생각조차 하고 싶지 않을 만큼 힘든 학업 생활이었지만 마치 그 보상이라도 하듯 연신 입가에 미소가 떠올랐다.

외적인 평가가 지배적이던 승무원 세계에 지적인 이미지를 향상시켰다는 이유로 회사에서도 긍정적인 평가를 해주었고, 후배들에게도 향학열을 심어주는 계기가 된 것 같다. "공부를 하고 싶은데 어떻게 해야 해요? 무엇부터 시작해야 하죠? 어떤 전공을 해야 하나요?"라는 후배들의 질문에 어느새 카운슬러가 되어서 이것저것 조언을 해주기도 했다. 그 후로 회사 내에 공부하는 승무원이 늘었다는 후문도 들려왔다. 이제는 석사 학위를 딴 승무원들이 꽤 많다. 그리고 그들은 더 나아가 박사 학위에 도전하고 있다.

인터뷰를 요청한 기자들은 언제나 첫 질문으로 "어떻게 비행하면서 박사 학위를 받을 수 있죠? 그게 가능한가요?"라고 묻는다. 그런 질문을 받을 때마다 나는 이렇게 답변했다.

"하늘은 스스로 돕는 자를 돕는다고 했던가요? 목표를 향해 스스로에게 최선을 다할 때 하늘은 스스로 노력하려는 의지가 있는 자를 돕습니다."

뻔한 말 같지만 이것은 진정 옳은 말이다! 앞이 칠흑 같이 어둡고, 숨이 턱 막히는 낭떠러지 끝에 서 있더라도 장애물과 난관을 헤쳐 나갈 길은 있었다. 그 과정 속에 헤아릴 수 없는 어려움과 구차함과 고통이 따랐던 사실은 부인하지 못한다. 하지만 내가 하고 싶은 일에 얼마나 의욕과 열의가 있느냐에 따라 환경적 제약은 절대적인 장애가 되지 않는다고 생각한다. 강한 의지와 노력이 있으면 어떻게든 길이 있고 방법이 있어 목적을 향해 갈 수 있다. 최대한 할 수 있는 방안을 모색하고 최선을 다하려고 노력하면 하늘도 그 의욕에 감탄하고 방법을 제시해준다.

진정으로 원하는가? 그렇다면 온 힘을 다해 진정으로 노력하라. 그러면 언젠가 저절로 따라오게 될 것이다.

관광의 즐거움을 학문으로 펼치다!

승무원의 매력은 전 세계 명소를 누빌 수 있다는 것이다. 달력의 한 페이지를 그대로 장식할 것 같은, 말로 형용할 수 없는 풍광을 지닌 명소들이 그 자태를 뽐낼 때마다 우리나라에도 이러한 곳이 있으면 얼마나 좋을까 하고 생각한다. 그 도시만의 신비로운 문화유산을 보유한 많은 나라들이 부럽기 그지없다.

관광에는 그랜드캐니언 같은 자연적인 신비로움을 지닌 자연 관광도 있지만 디즈니랜드, 라스베이거스처럼 관광객을 이끌기 위해 인위적으로 만들어놓은 인공적인 관광 공간들도 있다. 우리나라도 얼마든지 개발하고 노력하면 관광객들이 찾는 멋진 장소를 만들 수 있다고 생각해왔다.

많은 관광지나 유명한 곳을 방문할 때마다 느끼는 점은, 그 관광지에는 고유의 문화를 체험하고 느끼기 위해 전 세계인들을 모이게 하는 힘과 매력이 있다는 점이다. 비록 가난하지만 대대로 내려오는 문화유산으로 많은 인구가 먹고 사는 나라가 의외로 많다. 오로지 관광 산업 하나로 많은 식구들

전 세계의 유명 관광지와 숨은
명소, 그림엽서같은 장소들을
여행하는 것은 비행 후에 오는
달콤한 휴식이다.

이 생활하는 것을 보고 관광자원이 얼마나 굉장한 것인가를 느꼈다.

오랫동안 항공 산업에 종사해온 내가 경력을 살릴 수 있는 학문 분야, 더불어 내가 관심 있는 분야는 무엇일까?

인류가 진화하고 경제가 발전함에 따라 놀이와 여가가 증가하는 현시대에 있어 관광이라는 학문은 꽤 흥미롭고 현실에 적용 가능한 학문이었다. 나는 관광학을 공부해보고자 하는 마음에 그 세계로 발을 디뎠다.

승무원이라는 직업 덕에 유명 관광지를 쉽게 갈 수 있으니 공부에 큰 보탬이 될 수 있었다. 또한, 현재 상황이나 관광의 학문적 시각, 정책과 우리나라 관광 산업에 적용 가능한 방안을 생각하는 것, 그 밖에도 학문과 현실의 차이를 감안한 실질적인 사고를 통해 현실 가능한 정책을 적용할 수 있겠다고 판단했다.

그렇게 시작한 학문의 길은 이론과 실제의 차이에서 때로는 탁상공론이 아닌가 하는 생각이 들기도 했지만 배움은 분명 무궁무진한 아이디어와 생각과 창의력을 선사해주었다.

대부분의 승객은 관광을 위한 이동 수단으로 비행기를 이용한다. 그리고 관광과 여가 문화는 그 나라의 관광지, 예절, 식문화, 쇼핑, 호텔, 풍습을 모두 아우른다. 승무원들은 비행기에서 승객과 많은 대화를 나누는데 그 나라의 특성이나 문화에 관한 해박한 지식은 또 다른 정보 제공이자 동시에 서비스의 역할을 한다. 관광학을 전공한 덕분에 미미하지만 승객의 안내자로서 좀 더 수준 있는 전달자가 될 수 있었다. 국제선 팀장은 상위 클래스를 이용하는 각 분야의 전문가나 지식인들과 자주 대화를 나누게 된다. 그들과 대화를 하거나 정보를 제공하기 위해서는 시사 상식이나 신문 기사 그리고 전문적인 지식까지도 필요하기 때문에 사무장들도 공부하기에 따라 더 지적인 전문가로서 자리를 지킬 수 있을 것이다.

언젠가 신문을 읽다가 승무원이라는 직업에 아주 적합한 그리고 마음에 와 닿는 기사를 발견했다. 이제는 IQ, EQ, MQ를 넘어 BQ 지수가 높아야 성공한다는 내용이었다. BQ 지수는 미국의 하버드 기업관리 컨설팅회사가 직장인을 대상으로 조사해 발표한 것이 그 시초로, 인간이 내적·외적으로 얼마나 뛰어난지를 보여주는 지수다. 지능Brain과 아름다움Beauty, 행동 Behavior의 3B를 합해 수치화한 것으로 이제 자기 분야에 대한 전문 지식이나 지적 능력을 충분히 갖추어야 하며, 그뿐만 아니라 외적으로도 이미지를 관리하고 행동과 실천으로 연결하는 것이 인간관계의 중요한 요인이라는 것이다.

승무원뿐만 아니라 모든 분야에서 전문가가 되기 위해 우리는 아직도 해야 할 것이 굉장히 많다. 빛의 속도로 발전하는 이 시대를 살아가기 위해 우리는 끊임없이 뛰어야 하는 달리기 선수가 되어야 할 것 같다.

초등학교, 중학교, 고등학교를 다니면서 줄곧 놓지 못했던 선생님이 되고자 하는 꿈 때문인지 자연히 나는 선생님들을 존경했다. 이제는 시간이 많이 흘러 학창 시절의 추억도 흐릿하지만 아직 가슴속에 남은 선생님이 있다. 특히, 중학교 시절의 담임 선생님이었던 정호열 선생님이 보낸 편지에는 이런 말이 적혀 있었다.

'향정이 너는 머리도 좋고 똑똑하니까 열심히 해서 여러 사람의 hope가 되어라.'

선생님의 이 말씀은 마치 주문처럼 머릿속에 각인되어 한 번도 잊은 적이 없었다. 그 후 수많은 세월이 지나서도 나는 가슴속에 그 뜻을 품고 성장했다.

인생의 롤 모델을 만들어라! 목표 의식은 정신적인 설계도를 작성하는 것이다. 뚜렷한 롤 모델이 있으면 현실성이 더 부여된다. 롤 모델을 보면서 앞으로 나아가는 것과 비전 없이 사는 것은 차원이 다르다. 시간이 걸려도 자신의 롤 모델을 연구해야 한다. 각자의 꿈에 맞게 닮고자 하는 정신적인 지주가 있어야 한다. 그리고 가능한 한 그 사람에게 매달리는 것도 한 방법이다.

스튜어디스를 꿈꾸는 사람이라면 그 이미지에 맞는 모델을 설정하고 행동하는 것이 정말 중요하다. 면접이 당락을 좌우하는 상황에서 직업에 맞는 이미지 메이킹은 꿈을 향한 열쇠라고 할 수 있다. 이미지 메이킹이란 궁극적으로 자신이 원하는 바람직한 롤 모델을 정해놓고 그 이미지를 현실화하기 위해 잠재 능력을 최대한 발휘해서 자신이 원하는 가장 훌륭한 모습으로 만들어가는 의도적인 변화 과정이다. 그러므로 이미지 메이킹은 자기 성장과 자기 혁신을 목표로 하는 이들의 평생 과업이 되어야 한다.

　성공적인 삶을 위해 인생의 목표를 분명히 하고 그 목표를 달성하는 데 필요한 이미지를 만들다보면 누구든지 원하는 목표를 달성할 수 있다. 그저 생각만 하지 말고 계획을 세워 실행하는 것이 필요하다. 중요한 것은 목표를 꼭 달성하겠다는 욕망과 열정, 흔들리지 않는 신념이다. 그렇게 확고하게 정신을 무장한 후 목표로 가는 과정에서 맞닥뜨릴 장애물을 두려움 없이 이겨내는 행동이 뒤따라야 한다.

　나는 내 인생의 멋진 스승들을 닮기 위해 노력했다. 그 꿈이 이루어지기까지 시간이 걸렸지만, 때로는 돌부리에 넘어지는 좌절도 있었지만, 결국 그 꿈은 현실이 되었다. 그들을 닮고 배워서 나도 이제 교육자가 되어 제자들에게 또 다른 꿈의 메시지를 전하고 있다.

　전문대학 학생들이 졸업 후 편입해서 석사·박사 과정까지 공부한 후에 교수가 되겠다고 야심차게 선언하는 제자들이 하나 둘씩 나타나는 것을 보면 자못 흐뭇하다. 분명히 나보다 멋진 훌륭한 교수가 나올 것이라고 믿으며 오늘도 그들 앞에 선다.

**잘 나갈 때
제2의 인생을 준비하라!**

　승무원은 킬링 타임 잡Killing time job이다. 한 달이 쏜살같이 흘러가고 열두 번의 비행 스케줄을 받으면 1년이 금세 지나가버린다. 한 달에 장거리 비행을 두세 번 다녀오면 월급이 나와 있고 그러면 또 다음 달의 스케줄을 설레며 받아든다.

처음 승무원이 되었을 때는 막연하게 3년 정도만 비행하고 그만두겠다고 생각했다. 일반 사람들에게 비행은 힘들고 피곤한 일이라고 인식되어 있었기 때문에 나 역시 오랫동안 하는 일이 아닌 줄 알았다. 그런데 18년이나 비행을 이어오게 될 줄이야……

　비행 경력이 5년 정도 되었을 때는 세월이 어떻게 가는지 모르게 흘러버렸다. 그렇게 재미났던 비행 생활이 5년을 기점으로 슬금슬금 싫증이 나면서 권태기가 왔지만 조금씩 극복해나가면서 승무원에서 선임 승무원, 부사무장, 사무장 그리고 선임 사무장까지 무리 없이 진급했다. 권태기 극복을 위해 끊임없이 새로운 도전을 했던 터라 회사에서 필요한 영어, 일본어, 방송자격 관리에서도 다른 승무원에 비해 앞서 나갔다.

　2000년 이후로 대한항공은 방송자격과 영어자격을 강화하고 강조했지만, 내가 입사한 초반에는 그렇게 자격 취득을 독려하는 분위기는 아니었다. 하지만 그 시기의 나는 계속해서 자신을 시험하고 도전하고 승부욕을 키우던 때였고, 그런 이유로 진급에서 높은 가산점을 받을 수 있었다. 각종 자격증 취득은 진급에 지대한 영향을 미치기 때문이다.

　경력에 따라 순차적으로 진급한다면 얼마나 좋겠냐만 치열한 경쟁 구도에 있는 대기업에서 진급은 그리 녹록하지 않았다. 만년 과장으로, 만년 대리로 한 자리에 오랜 시간 머무르는 선배들도 많았다. 당시 30대 초반에 최연소의 나이로 내가 선임 사무장이 되었다는 진급 발표가 나자 남자 선배들이 "도대체 이향정이 누구야! 누군데 저 사번(입사 번호)이 SP(선임 사무장)가 된 거야!"라고 했다고 한다. 그 이후로 나는 나이 지긋한 남자 선배들을 내 밑으로 모셔야 하는 다소 불편하지만 어쩔 수 없이 감수해야 하는 상황을 겪게 되었다. 기장이나 지상 직원이 사무장을 찾으면 100퍼센트 나를 지나쳐 남자 선배한테 갔다. 그렇게 애매하고 불편한 상황을 많이 겪었다. "아니 이렇게 젊은 분이 벌써 팀장이십니까?" 이 말을 자주 들었던 만큼 부담감과 책임감을 느꼈고, 더 잘해야 했다.

남자 선배들을 제치고 선임 사무장으로 오르고 몇 년 후, 나는 그 모든 것을 내려놓기로 했다. 현직 스튜어디스 최초로 박사 학위를 받으면서 언론에 소개되었고 대한항공에 긍정적인 홍보가 되었으며 항공사 스튜어디스의 이미지를 향상시켰기 때문에 부장 진급, 아니 그 이상의 비전도 꿈꿀 수 있었다. 하지만 스스로에게 한 약속이 있었다. 마흔 전에 꼭 교수가 되겠다고 다짐했고, 어린 시절 꿈을 꼭 이루자고 결심했던 것이다.

사람은 잘나갈 때 제2의 인생을 준비해야 한다. 사람이 언제나 잘되면 얼마나 좋겠는가? 인생이 뜻대로 잘 풀린다면 무슨 걱정이 있겠는가? 하지만 현실은 그렇지 못하기 때문에 현재 박수 갈채를 받고 있더라도 미래에 대한 준비가 필요한 것이다.

공부하라! 교육에 투자하라! 자신에게 투자해서 평생 공부하고 배워라! 10년, 20년을 보고 지속적으로 관심 분야를 파헤치면 어느 순간 그 분야의 달인, 최고의 전문가가 되어 있을 것이다. 배움은 남에게 줄 수도 있지만, 피가 되고 살이 되어 나를 키우는 최고의 보양식이기도 하다.

"공부하지 않고 책을 읽지 않으면 퇴보하는 거야. 평생 배워야 해. 평생 공부해야 하는 거야."

늘 내게 이런 말을 해주는 어머니는 일흔에 가까운 나이에도 돋보기를 쓰고 책을 읽고, 신문기사 스크랩을 하며 이것저것 배우러 다니느라 바쁘다. 다방면에 학습열이 높아 한시도 가만히 있지 않는다. 아마도 어머니의 이 말에 공감하고 공부하게 되어 교수의 자리까지 이르게 된 것이 아닐까 싶다.

지금도 가끔 연락하는 선후배들이 다시 비행기를 타고 싶지 않냐고 묻는다. 하지만 나는 후회는 없다. 맨 아래 주니어 승무원에서부터 맨 위 국제선 팀장까지, 18년 동안 큰 사고 없이 무사히 그리고 충분히 비행을 마쳤다. 그리고 나만의 또 다른 약속을 실천할 최고의 선택을 했다고 생각한다.

스튜어디스 정년 나이인 만 55세까지 비행을 했다면 더없는 영광이었겠지만 더 긴 안목으로 교수의 길을 택했고, 지금도 이 선택에 만족하고 있다. 때때로 선후배나 동료들이 지금의 내 모습을 보고 많이 부러워한다. 그러고는 왜 그때 자신에게 함께 공부하자고 하지 않았냐고 한다. 그러면 나는 말한다.

"지금도 늦지 않았다. 자신에게 투자하라! 그리고 말로만 하지 말고 행동으로 실천하라! 잘나갈 때 제2의 인생을 준비하라!"

네 꿈을 펼쳐라!　　　　　유니폼을 입은 승무원들이 공항버스를 기다
　　　　　　　　　　　리며 서 있는 모습을 보면 자연스럽게 눈길
이 가고 다시금 내 가슴도 설렌다. 지금도 의자매를 맺을 만큼 돈독한 승무원 후배들, 좋은 관계를 맺었던 선배 팀장님 그리고 환상의 팀원이라고 자화

자찬했던 팀원들을 만나서 이런저런 이야기를 나누며 회포를 풀기도 한다.

옛 동료들이 현재 비행하면서 누릴 수 있는 특혜와 쇼핑의 즐거움 그리고 신규 취항하는 새로운 도시를 다녀온 이야기를 할 때마다 내 마음속에는 동전의 양면처럼 두 마음이 교차한다. 비행기로 달려가 전 세계를 누비면서 멋진 팀장으로 팀원들을 진두지휘하며 날개를 다시 펼치고 싶다. 하지만 그러다가도 힘든 스케줄과 삭막해진 회사 분위기, 승객들의 컴플레인에 대한 이야기가 줄줄이 나오면 적절한 때 멋있게 나오길 잘했다는 뿌듯함이 밀려온다.

'내 배움과 경험과 경력으로 꿈을 가진 젊은이들을 가르치는 교육자의 길을 선택하길 잘했어' 하고, 교수직은 사회의 인정도 받고 후배들을 양성하는 또 다른 매력과 보람을 느낄 수 있는 가치 있는 일이라고 생각하며 마음을 정리한다.

교편을 잡으면서 대학에서나 일반 사회에서 스튜어디스의 꿈을 안고 사는 친구들이 굉장히 많다는 것을 알게 되었다. 내 전직을 들었는지 승무원을 꿈꾸는 타 전공 학생이나 주변 학교 학생들이 용기를 내서 찾아오기도 한다. 많은 여대생들이 스튜어디스가 되기 위해 몇 년 동안 노력하고 계획하고 달려가고 있는 현실을 보았다.

이미 다른 직장에 취업을 했어도 스튜어디스가 되기 위해 도전을 해보았거나 더 준비해서 꼭 꿈을 이루겠노라 결의를 다지는 친구들도 많았다. 생각했던 것보다 스튜어디스를 희망하는 20~30대 여성들이 꽤 많다는 것을 알았다. 아무도 이들의 꿈을 막을 수는 없다. 누구나 꿈을 꿀 권리가 있고 그 꿈을 향해 날아갈 수 있다.

개성과 매력이 있는 젊은 여성이라면 누구나 한 번쯤 스튜어디스가 되겠다는 꿈을 품어보았을 것이다. 높은 인기를 얻으며 희망 직종으로 꼽힐 만큼 스튜어디스는 여성이라면 한 번쯤 도전해볼 만한 멋진 길이다.

하지만 그만큼 통과해야 할 절차가 어렵고 경쟁도 심해 그 길은 쉽지 않다. 또한, 스튜어디스가 되어서도 그 후의 길 역시 만만하지 않다. 공부해야 하고 따라가기 위해 해야 할 것들이 많지만 그 노력과 고난의 길을 보상해 줄 많은 것들이 기다리고 있기 때문에 매력이 있는 것도 사실이다.

당신의 꿈은 무엇인가? 지금 하고 있는 일이 진정 당신이 원하는 일인가? 무엇이 되고자 한다면 그 꿈을 간절히 원해야 한다. 지금 무엇을 하지 못하거나 일이 잘 풀리지 않는다면 그것은 그만큼 간절히 원하고 있지 않기 때문이다. 원하는 것을 위해 행동한다면 그 무엇도 방해가 될 수 없다. 진정 얻기를 원한다면 그것에 대해 간절해야 한다. 그리고 물러서지 말아야 한다. 힘이 모자랄지라도 간절히 원하면 엄청난 용기와 적극적인 행동이 자신도 모르는 사이 커다란 능력으로 발휘되는 법이다. 일단 아주 작은 것에서부터 하나씩 계획하고 시작하라. 그렇게 하나씩 목표를 세우고 계획하고 이루어나가면 그렇지 않은 사람에 비해 어느 순간 저만치 멀리 앞서 있다는 것을 깨닫게 될 것이다. 그리고 내가 알지 못했던 엄청난 잠재력과 능력이 승화되어 단단해지고 강해진 자신을 발견하게 될 것이다.

세상에 불가능한 것은 결코 없다는 사실을 믿고 행동하자. 머릿속으로만 꿈꾸는 것이 아니라 몸으로 실천하는 꿈만이 이루어진다는 것을 명심하자.

　　이웃집처럼 드나들던, 야자나무가 멋스러운 로스앤젤레스, 찬란했던 로
마 제국의 역사가 살아 숨 쉬는 이탈리아, 낭만이 가득한 항구 샌프란시스
코, 진정한 자유가 넘치는 뉴욕, 예술의 향기가 가득한 파리, 남태평양의 지
상 낙원 피지 섬, 아름다운 항구 시드니, 중세 문화가 남아 있는 프라하, 동
서양의 오묘한 조화 터키…….

　　마치 인상 깊은 영화의 한 장면 한 장면이 흘러가듯이 머릿속에서 세계
의 수많은 멋진 장소와 공항 전경이 지나간다. 모든 것을 담아낼 수 없을 만
큼 가득한 추억들은 내 인생에서 귀중한 보물이며 정말 소중한 존재들이다.
그 추억들을 더 붙잡지 못하는 것이 안타까울 뿐이다.

　　대한항공이라는 커다란 울타리가 없었다면 여기까지 올 수 없었음을 안

다. 나를 크게 성장시켰고 든든한 디딤돌이 되었으며 많은 도전과 용기를 주었다. 승무원이라는 환경 속에서 불가능한 일을 가능하도록 도와주시고 격려를 아끼지 않았던 모든 사람들에게 감사 드린다.

치열하게 살다보니 본의 아니게 나로 인해 마음의 상처를 받았을 사람들에게 미안하고 고마울 따름이다. 지금 돌이켜보면 매끄럽게 잘할 수 있었을 텐데 아마도 그때는 어리고 어리석었기 때문이 아닌가 생각한다.

비행을 하면서 학업이라는 힘든 터널 속에서 책과 논문, 노트북을 사랑해야만 했던 지난 시간을 되돌아본다. 지난 몇 년간 공항과 학교와 집을 정신없이 오가면서 다시 돌아가고 싶지 않을 만큼 힘들었지만 돌이켜보면 삶에 또 다른 활력이 되었고, 보람 있는 소중한 시간이었다. 그 끊임없는 승부가 이제는 즐거운 싸움이었다고 자신 있게 말할 수 있다.

아직은 많이 부족하고 부끄러운 삶이지만 이 길을 도전하는 친구들에게, 또 다른 꿈을 시작하는 사람들에게 좋은 지침과 본보기가 될 수 있었으면 좋겠다.

이번 작업을 통해 책을 쓰는 일이 쉬운 일이 아니라는 것을 절실히 깨달았다. 이 책을 마무리하기까지 조언을 아끼지 않아준 많은 분들, 특히 김진표 의원님, 대한항공 홍보실 서강윤 상무님, 인하공전 이영희 교수님, 대한항공 홍보실 및 객실 승원부 그리고 친동생 같은 후배 승무원 세영이에게도 감사 인사를 드리고 싶다. 그리고 부끄러운 책을 출판하기까지 애써준 백산출판사 관계자 분들에게도 진심으로 감사의 뜻을 전한다. 무엇보다 항상 도전하고 노력하며 열심히 살아가는 딸로 예쁘게 키워주신 부모님의 은혜에 감사드리며 이 책을 선사한다.

　마지막으로 항상 많은 능력과 기회를 주시는 하나님의 은혜에 감사를 드린다.

　"너희 안에서 행하시는 이는 하나님이시니 자기의 기쁘신 뜻을 위하여 너희로 소원을 두고 행하게 하시나니." (빌립보서 2장 13절)

　나는 이 성경 구절을 통해 내가 가야 할 길을 깨닫고 믿음의 도전을 할 수 있었다. 그리고 이 말씀을 믿기에 새롭게 찾아온 나의 두 번째 길 역시 열정을 갖고 멋지게 걸어가겠다.

연구실에서

하늘을 나는 여우,
스튜어디스의 해피플라이트

2010년 12월 15일 초판 1쇄 발행
2018년 1월 26일 초판 10쇄 발행

지은이 이향정
펴낸이 진욱상
펴낸곳 백산출판사

저자와의
합의하에
인지첩부
생략

등 록 1974년 1월 9일 제1-72호
주 소 경기도 파주시 회동길 370(백산빌딩 3층)
전 화 02-914-1621(代)
팩 스 031-955-9911
이메일 edit@ibaeksan.kr
홈페이지 www.ibaeksan.kr

ISBN 978-89-6183-403-2
값 11,000원